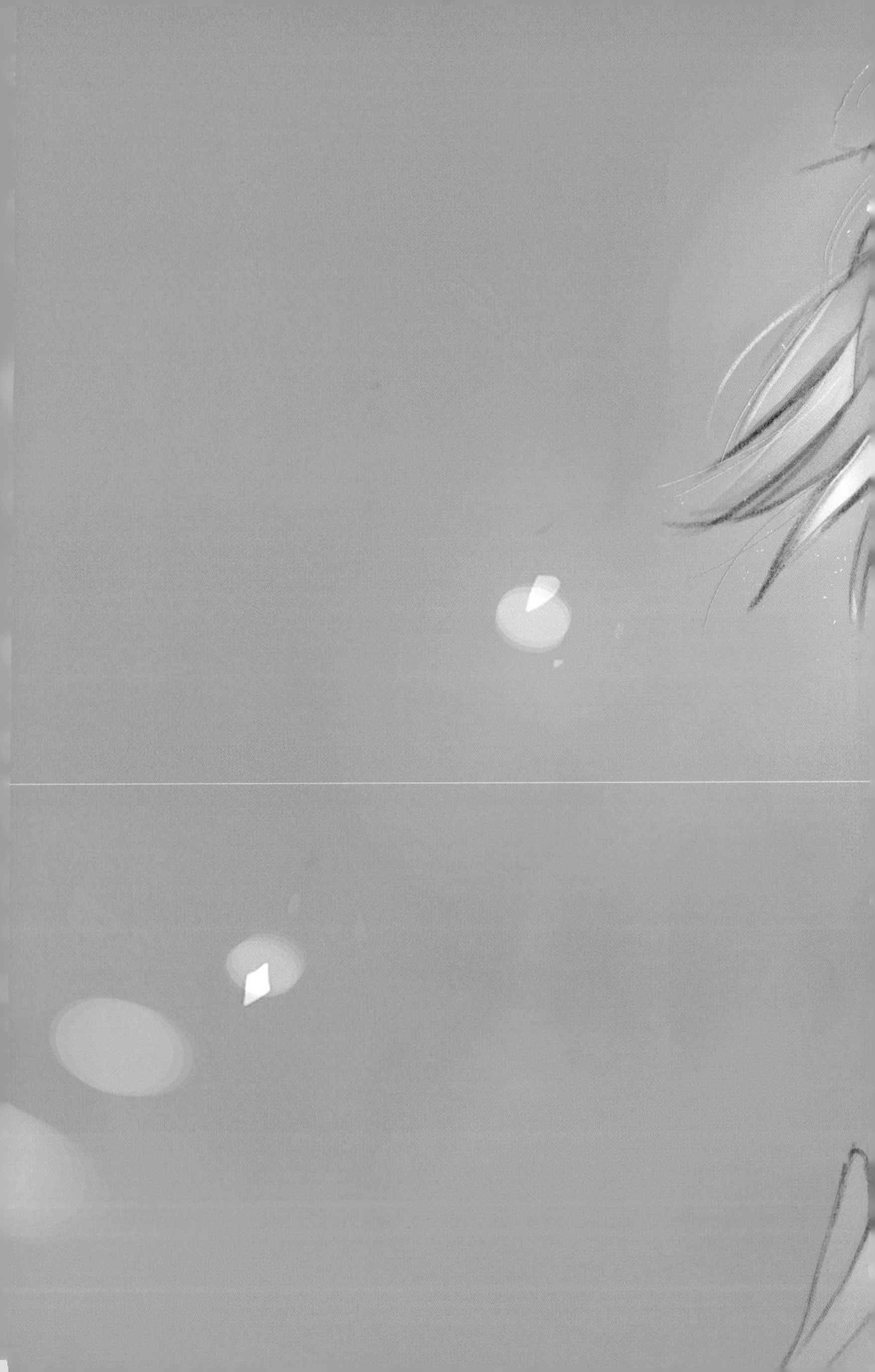

ジャックジャンヌ

JACK JEANNE

七つ風

●原作・イラスト 石田スイ／●小説 十和田シン

小説 JUMP j BOOKS

人物紹介

立花希佐《たちばなきさ》

女性であることを隠し、ユニヴェール歌劇学校へ入学した。クォーツ所属。1年生。ジャックとジャンヌ、どちらも演じられる可能性を秘めている。

あらすじ

男性だけで構成された歌劇団、玉阪座。その玉阪座へは、ユニヴェール歌劇学校でも、とりわけ優れた生徒のみが入門できる。

男役―ジャック―と、女役―ジャンヌ―が織り上げる舞台は、観る者すべてを魅了する。主人公・立花希佐は、とある出来事から、女性であることを偽り、男性だけのユニヴェール歌劇学校へ入学した。

自身の夢と、仲間たちとの絆のため、希佐はユニヴェールの日々を駆け抜ける。


そんな希佐たちの、とある休日の物語――。

白田美ツ騎《しろたみつき》

高い歌唱力でクォーツの舞台を彩るジャンヌ。個人主義で他人に興味は示さないが……。

2年生。

高科更文《たかしなさらふみ》

かつて希佐の兄・継希《つぎ》と組んでいた。ジャンヌの中でも主役格のアルジャンヌを務める。

3年生。

睦実 介《むつみかい》

男役であるジャックの中でも主役格であるジャックエースを任され、フミを支える。

3年生。

根地黒門《ねじこくと》

クォーツの組長。舞台脚本から演出までを手がける才人。3年生。

ジャックにジャンヌ、なんでもござれ。

鳳 京士《おおとりきょうじ》

クォーツでトップの成績を誇る秀才。希佐たちをライバル視する。

ジャック。1年生。

世長創司郎《よながそうしろう》

希佐の幼馴染みであり、女性であることを知っている、クォーツの同期。1年生。ジャック志望だったがジャンヌに。

織巻寿々《おりまきすず》

希佐の同期のムードメーカー。立花継希にあこがれユニヴェールへ入学した。ジャック。

1年生。

ジャックジャンヌ

七つ風《ななつかぜ》 CONTENTS

後悔はキャンバスに零れた一粒の涙。

大きく背伸びをすれば空の中、お辞儀をするように体を曲げれば四温《しおん》の香《か》、そんな自分たちの姿をそのまま映し出す水面は張りつめたキャンバスのように真っ平ら。

「……よし」

聞こえた呟きは準備を終えた合図。希佐《きさ》はすっと背を伸ばし、正面にある木の標識を見つめた。『3000M』。

「行くか」

そう希佐を促したのは稽古着姿の白田美ツ騎《しろたみつき》。

希佐が頷《うなず》くと彼はスタートを切るように木の標識を追い越し、走り始めた。


「今日、これからどうする?」

三十分ほど前のことになる。

クォーツ寮の食堂でランチを食べ終えた白田が希佐に午後の予定を尋ねてきた。

今日は朝から最終公演で自分たちが演じるシシアとカルロのシーンの振り返り。なにせ今回、希佐がジャックエースで白田がアルジャンヌ。冬公演に続き主役でパートナー。

希佐と白田が目指すのは『クラス優勝』だ。

この一年、当たり前だったはずの言葉が今は重い。今回の布陣《ふじん》は勝つためのものではなく、来期に希望を託したものだからだ。

卒業する三年生の先輩たちは白田と同じ77期生、田中右宙為《たなかみぎちゆうい》率いるアンバーの開花を前に、自分たちの力をクラス優勝ではなく、後輩たちの育成に投資した。それが立花《たちばな》継希《つき》の卒業後、苦しみあえいだクォーツ76期生の願いでもある。

だが、彼らの後輩である自分たちにも思いはあった。

三年の先輩たちにとって、そして今のクォーツにとって最後の公演をクラス優勝で飾りたい。その思いが今、希佐と白田の胸の真ん中にある。

アンバーと競える力を養うことが三年生の目的なら、そのレベルを遥かに超え、想像の先まで成長すればいい。

最終公演まで、あと一週間。来週には劇場入りを控える中、希佐の課題はなんといっても歌だった。ただの歌ではない。ユニヴェールの歌姫、トレゾールである白田から託された歌だ。生半可《なまはんか》な気持ちでは歌えない。午後の予定も必然的に歌へと焦点が向く。

「……歌？」

白田は希佐の心情をすぐに察知した。「はい」と答える希佐の表情はいつもより固い。

「……僕も、ダンスやらないとな」

総合力が求められるアルジャンヌを全うする上で、白田はダンスを課題の一つと捉えている。しかしそこで白田が「でも……」と言葉を濁した。

「それ以前に、体力」

はぁ、とうんざりした様子で白田が息を吐く。それを、妙に懐かしいと感じた。

（あ……そうか）

希佐は気づく。白田のため息が減ったことに。

以前の白田は不得手なことや受け入れがたい行為に対して距離をとるように息を吐いていた。今思えば、自分が自分らしく呼吸できる領域を守ろうとしていたのかもしれない。それが減ったということは、人と関わり、人と交ざり合っていくことに対する白田の覚悟の結晶だろうか。

ふと、思い出す。

冬公演の準備期間中、休日の出来事。白田に『買い物に行くから付き合え』と言われ、二人玉阪坂《たまさかざか》を下っていた。その時、彼の目を捉えたものがある。少女二人が手をとり並ぶ小さなスノードームだ。クリスマス前ということもあり珍しいアイテムではない。ただ、自分たちが歌う『淡色《あわいろ》』の情景にどことなく似ていた。白田はスノードームをしばし眺めた後、移りゆく季節の一つとして通り過ぎる。

物が増えるのが面倒、と彼は言っていた。

それは、形在《あ》るものに限ったことではないのかもしれない。

何に触れても色を成す感情が、真白いキャンバスの中、暴れるように理想を描いて、気づけば失った余白の中、呆然《ぼうぜん》と立ち尽くす。

白田は自分が感情的な人間であることを認識している。そして嫌悪もしている。そこに母の匂いを感じてしまうのかもしれない。

——ただ。

彼は自分という人間を、ありのまま受けとめようともしていた。

帰り際、坂を上りながら白田がふと黙り込む。彼は捨ててしまった大切なものを拾い直すように店に戻った。

スノードームはもうなかった。

あの時の、彼の横顔が忘れられない。

彼は言った。考えすぎて、思い直したときにはどうにもならなくて、後悔だけが残る。

そういうことがこれまでに何度もあったと。

——そういうの……もうイヤだな。イヤだな……。

悲劇で閉じた幕を固く握りしめ、頭を垂れるような、彼の声が今も耳に残っている。

白田は変わっていった。変えていった。

自分を認め、人を認め、人の手を握り、自身の手を懸命に差しのばし。


後悔はキャンバスに零れた一粒の涙。

そんな白田のおかげで自分はユニヴェールにいられるのだと希佐は思う。

だが、変わる前の彼だって白田美ツ騎という人そのもので。その中にあった白田らしさも希佐は大事に想っている。弱音を吐くことも許されない今だからこそ。

「何か……トレーニングでもしますか？　体力がつくような」

さりげなく誘うと、白田も「そうだな」と頷いた。

「これだけ忙しいと、体力作りよりももっと優先すべきことが……になっちゃうんだけど、それやってたら永遠に先延ばしだし。それに……」

白田がチラリとこちらを見る。

「一人でトレーニングやる自信ない」

希佐の表情が思わず緩《ゆる》んだ。

「なに喜んでんの」

「あっ、すみません！」

「喜んだんだ？」

「あ」

「変なヤツ」

そっけない言い方だが、言葉の奥には温かみがあった。

「じゃあ、午後はトレーニング挟んで、その後、各々《おのおの》稽古にするか」

白田が椅子から立ち上がり、希佐もそれを追う。

「メニューはどうします？　ユニヴェール周りを軽くランニングが良いでしょうか」

白田が首をひねった。

「ユニヴェールすぎないか」

え、と疑問符を浮かべる希佐に、彼は「同じ景色すぎる」と言う。それで合点《がてん》がいった。

ユニヴェールには舞台と地続きの生活を好む生徒もいれば、オンとオフを切り替えて過ごす生徒もいる。白田は後者で休日になると街に出て一人ゆっくり過ごすことが多かった。

しかし今は舞台稽古のため、外出もままならない状況だ。

だったら学校から離れて街のほうへと思ったが、それは一瞬で却下する。雑多な人波をかき分け走るのは彼にとってストレスが多いだろう。彼の玲瓏《れいろう》な容姿は衆目を集めやすいのだから尚更《なおさら》だ。

だったらどうするか。

「今の時期って、虫、少ないよな？」

思いがけない言葉が飛んできて、希佐は顔を上げた。聞き間違いかとさえ思った。しかし白田の表情は至って真剣。希佐は「少ないと、思います」と辿々《たどたど》しく答える。少しずつ春めいてきたとはいえ、まだ肌寒い二月。ここ最近、虫らしい虫を見た記憶もない。

（白田先輩って、虫、苦手だったよね）

夏頃、部屋に飛び込んできたクワガタムシを見て、この世の終わりのような顔をしていたことがある。山の中腹にそびえる自然豊かなユニヴェールでの生活は白田にとって不都合が多いのだ。

そんな彼がどうして虫の話題を振ってきたのか。疑問だらけの希佐に白田が言う。

「お前、『かむり大池《おおいけ》』に行ったことある？」

疑問が増えた。玉阪市にやってきてまもなく一年。この街にはまだまだ知らないことが多くある。

「いいえ、初めて聞きました」

「僕も行ったことはないんだけど、大伊達山《おおだてやま》の西のほう、ユニヴェールよりも少し上に『かむり大池』があるんだ。山の中だけど綺麗に整備されてて、池の周りをぐるっと一周回れるらしい」

走るのにちょうど良いということだろうか。それでも白田が大伊達山をトレーニング場所に選ぶことへの不思議さは残る。それが顔に出てしまったのだろうか。白田が少々気まずそうな表情を浮かべた。

「……忍成《おしなり》先輩に言われたんだよ。『あそこ、意外と美ツ騎向きよ』って。ユニヴェール以上に自然たっぷりな場所なんてゴメンだと思ってたんだけど……」

ロードナイトの組長であり、アルジャンヌであり、バラの歌姫トレゾール、忍成司《つかさ》。

白田の歌声を評価し、ロードナイトに転科するよう繰り返し求めた人でもある。

そんな司を白田はあしらうことが多かったが、司の実力は誰よりも強く感じていたはずだ。そしてクォーツのために奮い立つ今、司の存在はより身近なものになっているのかもしれない。

「行ってみたいです、『かむり大池』」

希佐の言葉に白田の表情が和《やわ》らぐ。「決まりだな」と言った彼の声も優しい。

「どうやって行きましょうか。歩いて行ける距離なんですかね」

「織巻《おりまき》がジョギングがてら行ったことあるらしい。でも、あいつはアレだからアテにならない」

希佐は携帯をとり出し、ユニヴェールからかむり大池への経路を検索する。

「あっ！」

思わず声が出た。

「徒歩で一時間半……」

「やめよう」

即決した白田。希佐は「ちょ、ちょっと待ってください！」と慌《あわ》てる。

「バス！　ユニヴェール劇場前からバスが出てるみたいです！　それなら十五分くらいで着くって」

「それならいいけど……」

刀を鞘《さや》に収めるように言う白田。

「あっ！」

しかし、検索結果の詳細を見て希佐は再び叫んだ。

「バス、十分後に出るみたいです……！　それを逃したら一時間後……」

白田がぎゅっと顔をしかめる。

広大な敷地を誇るユニヴェール歌劇学校。十分後のバスは全力で走って間に合うか、間に合わないか、絶妙なライン。

「ど、どうしましょう……」

狼狽《うろた》える希佐を見て白田は覚悟を決めたようだ。

「行くぞ！」

そうして二人、クォーツ寮を飛び出した。


「……白田先輩、大丈夫ですか？」

白田が大きく息を吸って、そして吐く。それを数回繰り返す。

「まだキツイ……」

ぐったりした表情だが、彼はしっかり土を踏んで、背を伸ばした。

「これがかむり大池か」

クォーツ寮を飛び出し、ユニヴェール劇場へと続く裏階段を全力で駆け下りて、それでも間に合わないというところにバスの遅延が発生し見事乗車できた二人。その後も山道の急カーブが白田を襲ったがバスはなんとか目的地であるかむり大池に到着した。

「大池、と名前がついているけど思っていた以上に大きいな」

山の谷間に広がる水の寝床。池と言うよりも湖といった様相だ。

「それに……」

白田が大池をぐるりと見渡す。

「意外と人が多い」

かむり大池自然公園と記された看板の先には、家族連れやカップル、観光客らしき人たちの姿。公園内にはボート乗り場もあり、池には大きな白鳥ボートが浮かんでいた。

「大伊達山って、東側は手つかずな場所が多いけど、西のほうはわりと発展してるってカイさんが言ってたな。バスが通ってるくらいだし」

どうやらこの大池は大伊達山を越える国道沿いに位置するらしく、車の往来も多い。見れば公園近辺に民家が数軒建っており、しかもそれが新しく、この公園を中心に若い集落が形成されているのがわかる。

ただ、それでも〝山の中にしては〟の賑やかさ。一般的な表現としては街の喧騒《けんそう》から離れた穏やかな場所というのが正しい。白田にとってちょうどいいということだ。

それに。

「ん？　……ランニングコースがある」

「えっ、あ、本当ですね」

池沿いに建てられた看板に『ＳＴＡＲＴ』と『３０００Ｍ』の文字。かむり大池一周三キロのランニングコースだ。

「……もう走り終わった感じするけど」

「あはは……」

バスまでの短距離走を思い出し、希佐も苦笑する。

「そうも言っていられないか」

白田がフッと区切りを付けるように短く息を吐いた。そのまま体をほぐすように大きく伸びをする。

「……よし。行くか」

そうして二人は並んで走り出した。

恐らく一周十五分程度。早々に『１００Ｍ』の看板を越える。体力がないというのが白田の課題だが、あくまでそれはユニヴェール基準。一定のペースを維持しながら走る彼には会話する余裕だってある。

「……歌詞に空間を感じることがあるんだ？」

「はい。上手《うま》く読みとれなくて、どう歌えばいいのかなって」

内容はやはり舞台のこと、歌のこと。

直接稽古を付けてもらっているときは、どう改善するか、どう伸ばすか、実践的な内容に終始するが、今はとりとめのないことをぽつり、ぽつりと。

看板の文字は８００M。

「根地《ねじ》さん、歌詞にそういう余白を作ることあるよ。どう色づけするかは歌い手次第みたいな。こっちに丸投げしてる場合もあるけど」

「あ、なるほど……じゃあ読みとるよりも自分で創りあげるという感覚で触れたほうが？」

「そうだな。その方がお前が歌う意味も生まれる。でも、聴いてくれる人を置いてけぼりにしないようにな」

「そうですね。自分を出しつつ、自分を押しつけることにはならないように……」

――１０００M。

何気ない会話から得られる発見。

ユニヴェールから距離を置くようにこのかむり大池にやってきたが、ユニヴェールと深く交ざり合う日々を送っている希佐にとって、この距離は案外重要なのかもしれない。

「近すぎると、見えなくなるものってありますよね」

気づけば会話の流れを無視するように呟いていた。希佐は慌てて何故そう思ったのかを伝えようとする。

「そうだな。でも、遠すぎると見えなくなるものもある。難しいな」

白田は希佐の言葉を充分理解した上で言葉を返してくれた。言葉に重みを感じるのは、いつも人から距離を置き、遠くから眺めることが多かった彼の言葉だからだろう。

近くても、遠くても、だめ。

でも近づかなければわからないことも、遠く離れなければ見えないものもたくさんある。

自分たちは一生、距離を測り続ける生き物なのかもしれない。

――１３００Ｍ、１４００Ｍ。

妙に考え込んでしまって、その分、距離が伸びる。

――１５００Ｍ。

「……ん？」

３０００Ｍの道のり、ちょうど半分。そこで白田が大池のほうを見た。希佐も追うようにそちらを見る。

「あ、白鳥ボート……」

池に向かって伸びる木の桟橋《さんばし》。そこに白鳥ボートが行儀よく並んでいる。なんとものどかな風景だ。希佐はフッと小さく笑って、また正面を向く。

「乗るか」

「はい」

なんてことのないやりとりだった。

「……えっ!?」

だからこそ、遅れて大きな声が出た。

彼が言った文字列はしっかり頭に入っている。しかし、全く解読できない。

「あの、白田先輩、今、なんて……」

聞き間違いだろうか。問い返す希佐の隣、白田がスピードを緩め立ち止まった。桟橋の前で。

自然と希佐も立ち止まるが落ち着きなく周囲を見渡してしまう。何か他に白田の関心を引くものがあったのではないかと。

「お前、僕があのボートに乗るはずがないと思ってるな」

はい、と言いそうになってとっさに空気ごと言葉を飲み込んだ。

「そりゃそうだろうな」

白田は希佐を責めることも咎《とが》めることもせず、同調してから受付のほうへと歩き出す。

これが非現実的な出来事だと白田も認識しているようだ。それを知れたことで、固形物のようだった違和感がゆっくり頭の中で溶けていく。

白田が白鳥ボートに乗るらしい。

彼は素早く手続きを終え、係員から簡単な説明を聞き、あっという間に白鳥ボートへと乗り込んだ。隣には当然、希佐がいる。

ゆらゆらと揺れるこのボートそのまま、未だ現実感はないけれど。足元にはペダル、手前にはハンドル、正面には広がるかむり大池。

「立花」

そんな希佐に、白田が真剣な面持《おもも》ちで言った。

「全速力で漕《こ》げ」

自分でも不思議だ。

「……わかりました！」

号令一つで全ての疑問を投げ捨てて全力でボートを漕ぎ始めたのだから。

（せっかくだし！）

そんな思いが全て包み込んでくれる。

せっかく白田とかむり大池に来たのだし、せっかく白田が誘ってくれたのだし、せっかく白田と一緒にいられるのだし。

理由なんてどうでもいい。せっかくだから。せっかくがゲシュタルト崩壊を起こしそうなくらい、頭の中がせっかくでいっぱい。

すると妙に楽しくなってきた。

（私、今、白田先輩と休日を過ごしているんだな）

稽古だらけの日々にできた日だまり。

「……よし！」

ボートを漕ぐ足に力がこもる。

「ぉお」

ゆたゆたとのんびりと泳ぐ他の白鳥ボートとは違い、希佐たちのボートはそれこそ飛ぶ勢いだ。

「お前……すごいな」

「コツ、摑《つか》んできました！」

「摑んだのか」

どんどんスピードが増していく。大池の真ん中を通り過ぎ、このまま対岸に辿り着きそうだ。

「立花、もういい」

しかしそこで制止され「え、もうですか？」と彼を見る。

「お前……全力すぎるぞ」

白田が言い出したにもかかわらず理不尽なことに彼は呆《あき》れ顔。現実に引き戻される感覚に希佐は「白田先輩が全速力で漕げって言いました!」と非難の声を上げる。

「言ったけど、だからって……」

そこで白田の表情が崩れる。

「ふっ、なんだよお前……はははっ」

堪《こら》えきれなくなったように彼が笑い出した。

「いや、すごいなお前、ははは、はははは」

無邪気に、楽しそうに。

「ごめ、くっ……ははは」

彼の軽やかな笑い声が希佐の鼓膜《こまく》に響く。

(白田先輩……こんな風に笑うこともあるんだ)

彼の笑顔に魅入ってしまう。

「……なんかさ、僕には無縁だろ、こういうの」

一通り笑ったところで今度は白田がペダルを漕ぐ。緩やかに前進する白鳥ボート。

「乗る理由がないし、そもそも乗りたいとも思わないし。この先一生関係ないんだろうなって。でも、そう考えるとさ」

白田が波立つ水面を見つめる。

「僕の人生って、そういうものだらけだなって。一生関係ないもの、一生交わらないもの。

でも、お前は違うだろ」

「え、私……ですか？」

「ああ。これから関係するかもしれないものがお前には溢《あふ》れてる。ボートだって、何かきっかけがあれば乗るんじゃないの」

そういうこともあるかもしれない。そう思えるのが可能性か。

「僕はさ、別になんでもかんでも関係を持ちたいわけじゃない。でも、だからって何もかも全て通り過ぎていくのは、勿体《もったい》ないのかなって」

そこで急にバタバタと羽音が響いた。見れば水鳥が数羽、自分たちのボートのすぐ側に着水し、並んで泳ぎ出す。希佐と白田は思わず顔を見合わせ、笑った。

「……実際乗ってみてどうですか？」

白田はハンドルに肘《ひじ》をつき、水鳥たちを眺める。

「一回乗れば充分だな。でも……わからない。そもそも、一生関係ないと思ってたものに今乗ってるんだから。まぁ……」

白田の目が穏やかに細められた。

「今後のことなんて、わからなくてもいいか、別に」


ボートの貸し出しは三十分。

少し早めに桟橋に戻り、揺れない土の上、大きく伸びをする。

「じゃあ、あとは一気に行くか」

「はい！」

残り半分。再び二人揃って走り出す。

──１７００Ｍ、２０００Ｍ、２３００Ｍ。

遮《さえぎ》る物は何もなく、大池の緩《ゆる》やかなカーブを前へ、前へ。公園の出口がどんどん迫ってくる。

学校に戻ったら、白田と見たこと、感じたこと、気づいたこと、全て歌に込めよう。やりたいことも試したいことも山ほどある。

（でも……）

もう少しここでゆっくり過ごしたいと思うのは何故だろう。

──２７００Ｍ。

思いとは裏腹にタイムリミットは近づいてくる。

（白田先輩はどう思っているのかな）

そう考えて、すぐにだめだと否定した。

相手の気持ちを優先しようとする行為は、時に責任を相手に押しつける。

だから希佐は改めて自分の気持ちを整理しようとした。

（……ダメだな）

結果は同じ。

学校に戻って白田と過ごした時間を歌に昇華したい。

まだこの場所で白田とゆっくり過ごしたい。

相反《あいはん》する二つの選択が頭の中をせめぎ合う。

——2900M。一周三キロのかむり大池、残すところあと百メートル。

「あれ……？」

そこで、希佐は気がついた。進行方向右手側、池のほど近く。かやぶき屋根と土壁の歴史を感じさせる古民家が佇《たたず》んでいる。

美しく整備された公園には不釣り合いのようにも思えるが、この家を見てから大池を見ると、池の側にひっそりと佇む一軒家という風合いでむしろしっくりくるから不思議だ。

「昔からここにあった歴史的建造物、か？」

希佐の視線に気がついて、白田も古民家へと視線を送る。

「……あれ」

「どうしました？」

「カフェじゃないか、あれ」

古民家の前で止まると手書き文字の看板。コーヒーや紅茶、シフォンケーキといった温かみのあるメニューが並んでいる。

「……入るか」

「えっ」

自分にとって都合が良すぎる展開に、希佐の声がうわずる。

「水分補給。自販機で買った水を飲んで帰るのも味気ないし」

希佐は思う。今日は良い日なのだと。

二人は店の中へと入っていく。

「わぁ……」

土間だった場所にはカウンター席、真新しい畳の上には使い込まれた座椅子とローテーブル、煤色《すすいろ》の梁《はり》から真っ直ぐ伸びるモダンなライト。今と昔が寄り添うこの家の穏やかな呼吸が聞こえてくるようだった。

「お好きな席にどうぞ」

店の雰囲気に圧倒される希佐たちに店主が優しく声をかける。

白田は一礼しながら向かい合って座れる座敷席へと移動した。希佐もそれに続いたのだが。

（……あれ？）

ふと、カウンター席の奥にある小さな窓が目につく。

店内に入る穏やかな光。きらきら、きらきら、きらきらと。

「えっ!?」

思わず口を押さえ、叫んでいた。

「どうした？　……っ!?」

白田も大きく息を呑《の》む。

希佐の視線の先、窓際に飾られた——スノードーム。

「うそだろ」

白田が駆けよりのぞき込んだ。間近でそれを確認した彼の目が大きく開く。

手を繋《つな》ぎ、寄り添う少女が二人。

冬公演前、玉阪坂で見つけ、そして失ったスノードームがそこにあった。

固まったまま動けない希佐と白田に、店主が「その子たちのお知り合いですか？」と尋ねてくる。

白田は窓際に近いカウンター席に座りながら「あ、いえ……」と話を濁したが、思い直したように、

「以前、玉阪坂で見かけたスノードームに似ていて。すごく綺麗だったから、印象に残っていたんです」

店主が「あら」と驚きの声を上げる。

「私も玉阪坂で見つけたんですよ。年末……クリスマス前だったかしら」

そう言って、店主がスノードームを手にとり、優しく揺らして白田と希佐の前に置いた。

「ひと目で気に入ったんです」

まるで、子どもを慈しむ母の声。

「……そっか」

雪が降る。しんしんと。

「そっか」

白田の指先がそっとスノードームに触れる。

「そっかぁ……」

雪の中、きらきらと。

少女たちが幸せそうに笑っている。


温かい紅茶の香りが柔らかく頬を撫《な》でた。

「僕の中では、哀《かな》しい思い出として幕を閉じていたんだ」

沈丁花《じんちょうげ》が描かれたティーカップを優しく白田が包む。

「でも、スノードームにとっては新しい人生の幕開けだったんだな」

カップにそっと口づけ味わう紅茶は、おいしいのにどこかほろ苦い。

「少し、複雑。物が増えたら面倒だからってその場を後にした僕と、ひと目で気に入って迷わず手にとったこの店の店主。どっちがいいかなんて一目瞭然《いちもくりようぜん》すぎて。でも……」

白田がティーカップを置いて、希佐を見る。

「そういう苦い経験をしたからこそ、たくさん後悔したからこそ、僕は今、一番大切なものを失わずにいられるのかもしれない。……お前のこととかね」

「……！　白田先輩……」

冬公演、自分を赦《ゆる》してくれた白田の姿が蘇《よみがえ》る。

「先輩たちだって、そうなんだ」

そこで彼は少し黙って。

「……最終公演、どんな結果になろうがそこで人生が終わるわけじゃない。長い目で見ればたくさんある通過点の一つで、それこそクラス優勝できなくたって、折り合いをつけながら生きていく。悔しい思いをしたことでより大きな成功を掴むこともあるかもしれない。より大切なものを見つけることができるかもしれない。というかさ、先輩たちならきっとそうなる」

白田の手がスノードームに触れる。

「例えば描きかけのキャンバスに涙が落ちて、思い描いていたものが哀しみで滲《にじ》んでしまっても……描き直せるんだ。上から色を重ねて、もしかしたら一度白で塗りつぶして、繰り返し何度でも。後悔の先にあるのは悲劇だけじゃない。……でもさ」

白田が再び希佐を見た。

「それでもやっぱりクラス優勝したいんだよ」

彼の目に憂《うれ》いはない。

「クラス優勝したい。クォーツ生全員で喜びたい。先輩、同期、後輩、みんなで」

希佐は頷く。何度も何度も。

「色んな気持ちがある。後悔したくないとか、先輩たちが報《むく》われて欲しいとか、僕たち後輩の力を証明したいとか。でも、結局はこれなんだ。みんなでクラス優勝して、みんなで一緒に笑い合いたい。そのためならなんだってしてやる。……立花」

白田が希佐の目を見る。

「頼むな」

その一言に全てが詰まっている。自分たちがパートナーだということが。

「任せてください」

だから目をそらさず、しっかりと答えた。今度は白田が強く頷いた。

白田はスノードームを手にとり、元あった場所へと戻す。

やんだ雪の中で微笑む少女たち、木枠のガラス窓からのぞくかむり大池、そして時々白鳥ボート。

まるで美しい絵画のようで、いつまでも見ていたくなる。

「行くか」

「はい！」

だけど、自分たちは動き続けるのだ。

キャンバスの中、自分たちの夢を描いている最中なのだから。


後悔はキャンバスに零れた一粒の涙。

拝啓、ぬいぐるみ様

極彩色《ごくさいしき》の旗で飾られたエントランスに陽気がそのまま歌い出したかのような音楽、行き交う人々の足どりは踊るように軽やかで、この世界に憂《うれ》いなんかなにひとつない。

だから、それを呆然《ぼうぜん》と眺めている希佐《きさ》こそここでは異端者《いたんしゃ》なのだ。

サスペンダーを装着した黒いお鼻の大きなクマがこちらに向かって手を振ったのは、この世界に順応できない迷える希佐を救うため。希佐が反射的に手を振り返してしまったのがこの世界の魔法。まるで舞台だ。ただ、本当にそうであれば希佐の体はもっと自由だっただろう。これが現実だから、思わず上げてしまった右手の所在に困っている。

(どうしてここにいるんだろう)

希佐の視線が泳ぐように隣の人物へと向いた。すると、繋《つな》がるように目が合って、希佐の上げていた右手が落ちる。サスペンダーベアの魔法が切れたらしい。

その人を前にすれば魔法の一つや二つ、簡単に解けてしまうのだろう。艶《あで》やかに人を魅了する彼だからこそ。

「ふ、フミさん」

反射的とはいえ、自分がとってしまった行動が恥ずかしくなって、希佐は弱々しく彼の

名を呼ぶ。すると、その人はハハッと笑って、

「いいじゃねぇか、楽しめばサ」

と目を細めた。

高科更文《たかしなさらふみ》。彼がユニヴェールで持つ肩書きはいくつもある。ユニヴェール以前もそうだったのだろうし、ユニヴェール以降も同様だろう。舞踊《ぶよう》の家元に生まれ、卓越した才能をたゆまぬ努力で磨く彼には常に責任がつきまとう。しかしそれも自由という翼を手に入れた彼を高く飛ばすための風に過ぎない。

そんな彼のユニヴェール最後のパートナーとして選ばれたのが希佐だった。

向かう先は学校の名を冠《かん》するユニヴェール公演。稽古は終盤中の終盤で、一秒たりとも無駄にできない頃合いだ。頃合いなのだが。

希佐は改めてこの世界を見る。

希佐の心情を察してか、フミが苦笑しながら言った。

「どう見ても遊園地、だわな」

そう、遊園地。

エントランスの向こうには観覧車やジェットコースターといった様々なアトラクションが歓声と悲鳴のスパイスつきで並んでいる。

そんな楽しいが詰まった世界に対して、妙な抵抗感。

「なぁ、希佐」

フミに呼ばれていつの間にか俯《うつむ》いていた顔を上げた。

彼ならこの状況を上手《うま》く整理してくれるかもしれない。

「まずはゴーカートな」

ところが、出てきた言葉は全くの想定外で。

「えっ、えっ」

戸惑う希佐の背中を優しくトン、とフミが押し、踏み出した足が境界線を越えた。

「ほら、行くぞ」

フミは希佐を誘うように遊園地の中へと入っていった。


事の発端《ほったん》は、例に漏れずクォーツの組長、根地黒門《ねじこくと》だった。

「君たち、今日の稽古はもう終わりだよ！」

十四時。午後のクラス稽古が始まってまだ間もない頃、根地の宣言にクラス生たちが固まった。その中でも『君たち』と称された希佐とフミの驚きは格別で、どういうことだと根地を見る。

なにせ今はフミの集大成とも言えるダンスをクォーツ生たちが自らに叩き込んでいる最中。

フミの不調により多少遅れが生じているものの、いつも完璧なフミがそこまで自分を追い込んでいる姿にクォーツ生たちは発奮し、稽古場には熱がこもっていた。

だからこそ今、希佐とフミが稽古を抜けるというのは信じがたい采配《さいはい》なのだが。根地の瞳に曇りがなくていっそ恐ろしい。

「あの、どうして私たちだけ稽古終了なんでしょうか」

そうせざるを得ない理由があるのだろうか。怖々《こわごわ》と尋ねた希佐に根地がうん、と力強く頷《うなず》く。

「君たちはこれから遊園地に行くんだ！」

こちらの疑問に対して、さらなる謎で返すのはもはや根地のお家芸か。最初の宣言以上にクォーツ生たちはざわつく。

「クロ、もうちっと説明してもらえるか」

クォーツの中で最も根地の扱いがわかっているフミが接触を試みた。

「では情緒的に語ろうか」

「できれば理論的に頼む」

なるほど、と根地が言葉を噛みしめる。納得してくれた——とは誰も思わない。

「これは雨の中にも春の香りが混じり始めた二月の話、もっと言えば昨日という思い出……」

話が長くなりそうだ。

「高科更文公、江西録朗氏《えにしろくろう》を存じているかね」

「存じておりますさ」

「昨日職員室に行ったところ、その録朗氏の机にあったんだ。なんだと思う？　遊園地のチケット!!」

根地が突如、拳を握る。その拳は怒りでブルブル震えていた。不自然なくらいに。

「声高《こわだか》に叫んだよ。アタシって組長がいるのに、どこの誰と遊園地に行くつもりなのよ！　って。とり乱したな。思う存分に。こんなチャンスそうそうないからね。あ、とり乱しチャンスのことね」

江西の苦労が偲《しの》ばれる。

「でもね、録朗氏は僕の相手を全くせずこう言った。地元の名士がユニヴェールあてにくださったものだと。ここで説明しておこう！　ユニヴェール支援者の中には僕らがより良い舞台を作るため、ＱＯＬ、いわゆるクオリティ・オブ・ライフ、生活の質が上がるようにフォローアップしてくださる方がいる、説明終わり！　つまりはこれ、遊園地のチケットもその一つだ！」

根地の手が素早く交差し、次の瞬間、遊園地のチケットが二枚姿を現した。まるで手品。

根地はそれを希佐とフミの眼前に突きつける。

「だから君たちが遊園地に行くんだ！」

だからという接続詞でその結論を結びつけるのは強引すぎないか。

根地はやりたいことをやり尽くしたのか、その姿勢のまま動かない。どう解釈したらいいのかわからず、希佐はフミを見た。フミは希佐の視線をしっかり受けとめてから「遊園地、ねぇ」と呟く。そして、額に張りつきそうなほど至近距離にあるチケットをひとまず受けとった。

「ほら、立花《たちばな》くんも」

「は、はい……」

希佐も倣《なら》うようにチケットをとる。チケットにはジェットコースターや観覧車といったアトラクションや、この遊園地のマスコットキャラクターらしいサスペンダー姿のクマが描かれていた。遊園地の楽しさがこのチケットから伝わってくる。

それに対し、言いようのない居心地の悪さを感じたのは何故だろう。しかし、考えようとするとバチンと弾《はじ》かれるような感覚。

「希佐」

呼ばれてフミを見ると、彼が根地のほうへひらりと手を返す。根地に言いたいことがあれば言っておけ、ということだろう。

「根地先輩、どうして私たちが遊園地へ……？」

自分の感情はいったん置いて、原始的な質問をぶつけてみる。

「至極《しごく》真っ当な疑問だね、心地よいくらいだよ！」

根地は満面の笑みを浮かべた。直後、神妙な面持《おもも》ちに変わる。何か重大な理由がある、そう思わせる表情だ。希佐たちは固唾《かたず》を呑んで根地の言葉を待つ。

「……でも、申し訳ない。たいした理由はないんだ」

「えっ」

「遊園地のチケットを見たとき、これ、フミと立花くんが一緒に行ったら面白そうだなーと思ったんだよ、直感ってやつ！」

思わずあっけにとられた。しかし根地は気にもしない。

「僕は自分の才能だけではなく、自分の直感も愛しているんだ」

どうよこの僕、と主張するように両手を広げる根地。一体どう受けとめれば良いのだろう。希佐の手にあるチケット同様、持て余してしまう。たった一枚のチケットがひどく重く感じる。

「行くか、希佐」

フミの声は柔らかく、軽やかだった。

「え」

「遊園地」

フミのチケットが扇のようにひらひらと舞う。

「クロがこんだけ言ってくるんだ。本人が気づいてないだけで、何かあるのかもしれねぇ。それに、俺は割とクロの直感、信じてるんだ。ごちゃごちゃ理由つけてるときよりも信憑性ある」

「あらやだ。チクリと刺してくるわね」

「グサリと言って欲しいもんだが」

フミが不敵に笑って、根地もバチンとわざとらしくウィンクする。

「で、俺らが遊園地に行ってる間、お前たちは何するんだよ」

根地が「そうね～」と口元に人差し指を添える。

「フミが練りに練ったダンスを僕の解釈でほぐしにほぐして、このダンスのどこに核があるのか伝えるつもり。君ら二人にはしっかり見えているだろうけど、我々はもう少し段階を踏んでいかねばならんから」

急に、真っ当な話が出てきた。フミが「本来の目的、それだろ」と突っ込む。しかし根地は「とんでもない！」と肩をすくめて、

「これは後付けの理由。このクソ忙しい時期に主役二人が遊園地に行ったら面白そうだなって思ったんだ。それが全てだよ」

やはり納得しがたいのだが、今まで黙って見ていた白田が横から口を出す。

「根地さんに付き合ってても時間がなくなるだけなので、もう行っちゃってくださいよ」

次期組長の言葉はいつだって無駄なく的確だ。

「二人が出かけてる間に、ダンス、しっかりマスターしておきますから」

頼もしい言葉にフミは笑って「じゃあ行くか」と、まだ事態を飲み込めていない希佐をさらうように連れ出した。


「希佐、運転するか？」

呼びかけにハッと我に返る。いつの間にか並んでいたゴーカートの順番が回ってきたようだ。希佐はフミとゴーカートを交互に見て、譲るようにどうぞ、と手を前に出す。

「じゃ、希佐は助手席な」

早々に乗り込んだフミが隣の助手席を叩いた。慌《あわ》てて乗り込みながらまた思う。

（どうしてここにいるんだろう）

だって誰も彼もが楽しそうで、日々の愁《うれ》いごとなんか全てなげうつように笑っていて。

（ここにいて良いのかな、私……）

胸の奥がざわざわと騒がしい。

「シートベルト」

するとまた、フミの言葉で現実に戻った。

「あ、シートベルトですね！　シートベルト、シートベルト……」

「じっとしてな」

フミの横顔が視界いっぱいに広がった。彼が横から身を乗り出し、希佐の肩近くにあったシートベルトをとったのだ。思わず固まる希佐の体を柔らかくベルトが締める。そしてカチリと、装着音が響いた。

「苦しくねーか？」

声が近い。

希佐はフミにつけてもらったベルトを握りしめコクコクと頷いた。心臓がドン、と打たれたようで声が出ない。

「じゃあ……行くか！」

そんな希佐にギュン、と重力がかかる。

「わっ！」

「お、結構スピード出るな」

シートベルト着用が求められるだけはあったようで、なかなかのスピード。体が剝き出しな分、勢いをそのままダイレクトに感じているのかもしれない。

希佐はとっさに側にあるものを摑《つか》んでしまった。それがフミの上着で。

「あっ、すみません！」

パッと手を放すとフミが「いーえ」と余裕のある返し。

23

「曲がるぞ」

「えっ、わっ！」

フミの巧みな運転で減速することなくコーナーを曲がる。その分、遠心力が働いたのか、希佐の体がフミのほうへと傾いた。とん、と肩と肩が触れる。

「フミさん……！」

右往左往している希佐をからかっているのだと気づいた希佐が非難めいた声を上げる。

「ははは！」

それが面白かったようでフミが大きく笑った。彼にしては珍しい、無邪気な笑顔だった。

（フミさん、楽しそう……）


発着口に到着したゴーカートから降りると、足が少しふらつく。

「大丈夫か？」

フミがそっと背中を支えてくれた。

「運転、荒いです」

「でも上手かっただろ？」

希佐が本気で怒っているわけではないとちゃんとわかっているからこそ彼は軽口を叩く。

そんな細やかな気遣いができるフミの手が、希佐の平衡感覚が戻るのと同時に放れた。

それを寂しい、と思ってしまった。

「なぁ、希佐」

急にフミが体をかがめて、希佐に視線を合わせる。フミの赤珊瑚《あかさんご》のように美しい瞳に希佐が映る。

「俺がこんだけバカになってるんだからお前もバカやれよ」

口元に笑みをたたえて、フミが言った。

「な?」

フミの顔はいつものように余裕たっぷりだけれど、彼の大人びた声に、かすかに入り交じるもの。

(フミさん……照れ、てる……?)

信じられない。だからその瞳をもっとのぞき込もうとする。

「ほら、行くぞ」

すると彼はすっと希佐から離れて、先導するように歩き出した。

向けられた背中。希佐は金糸の髪からのぞく首筋を見る。その先、振り返らない彼の顔はどんな表情をしているのか。

「フミさん」

名前を呼べば「ん?」とフミが振り返った。涼しげな表情に、何故か嘘つき、と言いたくなる。
でもその嘘が、嫌いじゃない。
フミの後を追う希佐の足どりが、ほんの少し軽くなった。

それからは、ぐるりと一回転するジェットコースターに水の中へと落ちていくウォータ
ーライド、馬車つきのメリーゴーランドに、注《つ》いだものが全て零《こぼ》れそうなコーヒーカップ、
目に入ったものを次々と、目が回るような勢いで乗っていく。
「あれ」
視界に飛び込んできた丸くてフカフカしたフォルム。見覚えもあって、希佐は思わず立
ち止まる。
「どした?」
背後からフミがのぞき込んで、希佐の視線を追った。
「射的《しやてき》か」
ゲームコーナーの一角に景品たっぷりの射的がある。そしてその中に遊園地のマスコッ
トキャラクターであるサスペンダーベアのぬいぐるみがあった。
「……ああいうの、獲《と》るの難しそうですよね」
希佐はすぐに視線を外して、何事もなかったかのように通り過ぎようとする。何故かチ

クチクと胸が痛んだ。その痛みが、理由となる感情を浮き上がらせてくれた。

（罪悪感……？）

何に起因しているかはわからない。しかし遊園地には希佐の罪悪感を刺激する何かがある。

（ここにいて、いいのかな）

息を潜めていた感情が、再び顔をのぞかせた。

（稽古しなくて、いいのかな）

足が鉛《なまり》のように重たくなっていく。

（ユニヴェールにいなくて、いいのかな）

自問、自問、自問――だったら自答は？

「やってみるか」

え、と声を上げ、隣を見る。いない。驚いてフミを探す。

「射的」

こっちだ、と教えるように後方からフミの声。振り返ると、少し離れた場所に彼がいた。フミを置いて一人先を歩いていたのだ。

「す、すみません！」

なんだか申し訳なくて、情けなくて、謝罪しながら駆け寄る。そんな希佐の手をフミが摑んだ。

「ほーら行くぞー」

先輩が後輩を無理矢理連れて行くような強引さ。摑まれた手が温かくて、なんだか泣きそうになる。

「すみません、二人で」

希佐の手に、今度は銃が一丁、コルク玉が三個。

「どれ気になる？」

二人横並びで景品を見る。

キャラメルやラムネといった小さなお菓子から、フィギュアにマグカップ、クッションなど種類は豊富。

「あれなんかどうだ？」

ぐっと息が詰まった。フミが言う『あれ』はサスペンダーベア。希佐が見ていたぬいぐるみだったから。

ぬいぐるみに興味を持っていたことがバレて気恥ずかしいのは、自分の幼さに結びついているからだろうか。幼さには、多分少女がいる。閉じ込めているはずの少女が。

「狙ってみます！」

そんな自分を誤魔化《ごまか》すように気合いを入れ直して希佐は銃を握った。何故か手にしっくりとくる。

「頑張れよシャルル」

そういえば、秋公演で演じたシャルルの武器が銃だった。だからかと妙に納得。

「黙って見てな、うるさくしたらお前を蜂の巣にしてやるぞ」

「それってとってもオシャレ！」

希佐はぬいぐるみの真ん中、ふっくらしたお腹《なか》を狙う。

「よし、いけ！」

それこそシャルルのように手慣れた仕草で引き金を引いた。

「あ！」

弾道《だんどう》は想像を超える正確さで真っ直ぐぬいぐるみへ向かい、そして——

「あああっ！」

ぽすんとお腹に当たり、跳ね返された。

「ぬいぐるみ……！」

サスペンダーベアは何食わぬ顔でこちらを見ている。

「上手いじゃねーか」とまずは当たったことを褒めてくれるフミ。そう、当たりはしたのだ。

「次、行きます！」

お腹がだめなら次は頭だ。希佐は照準を合わせ、二発目を放つ。

「あっ！」

しかし狙いは外れ、コルク玉は何もない場所へと一直線。何の成果もなく壁に当たり落ちていった。

「あああ……」

「ははっ、惜しい惜しい」

一発目は上手くいったのに。気が急《せ》いていたのか、それとも、そうだ。

「もう一回、シャルルで行きます！」

希佐の目はかりうどの輝き。

「お人形ならうちにいっぱいあるよ！」

メアリーに茶々《ちゃちゃ》を入れられ、ギッと睨みつける。

「俺が欲しいのはあのサスペンダーベアだ！　お前と一緒にあいつの頭を撃ち抜いてやる！」

「わぁ、おそろいだ！」

役に集中すると、不思議と銃が馴染《なじ》んでいく。こいつは相棒、不安なんかない、絶対に当たる。

希佐はシャルルを伴い最後の一発を放った。

「……よし！」

コルク玉は引きよせられるようにサスペンダーベアの頭へ。一発目、微動だにしなかったお腹とは違い、どっしりとかまえていた体が揺れた。

ただそれも、足踏み程度。

「ああ～！」

あっという間に元の静けさ。希佐の持ち玉が全て消えた。

「あああ……」

落胆する希佐の肩をフミがポンポン叩く。

「いい腕してたぜ」

「ありがとうございます……でも、二発当たってあれですから、ぬいぐるみを落とすのは難しそうですね」

賑やかしのために置いてあるだけで、手が届くことはない高嶺《たかね》の花《はな》。ぬいぐるみのことはこれでおしまい。

「難しいほうが面白いしな」

「え……」

あのぬいぐるみを狙うつもりだろうか。

ぶわりと、罪悪感。

自分の我《わ》が儘《まま》にフミを付き合わせてしまうなんて。

「フミさん」

やめましょうよ、と言いかけた。

「いけるだろ」

しかし、フミの言葉がそれをかき消す。

（そうかも）

フミなら、あのぬいぐるみもとれてしまうのかもしれない。

（私、自分の感情に振り回されてる。そんな不確かなもので、フミさんを疑うなんて、変だ）

それに、別に外れたって良いじゃないか。何を怖がっているんだ。二人で過ごす時間が楽しければ――

（楽しむ……そっか）

これだ、と希佐は確信した。ただ、今、集中すべきはそこではない。

「フミさん、お願いします！」

希佐はパンッと手を打つ勢いで祈りのポーズ。

「私、あのぬいぐるみ、欲しいです！」

フミの目が大きく開いた。それが優しく細められ、勝ち気な目に変わる。

「任せときな」

フミが引き金を引いた。

「あ！」

弾は真っ直ぐ伸びていき、カツンと衝突音。柔らかなぬいぐるみから出る音ではないのだが。

ぬいぐるみが揺らめいた。

「そっか、鼻……！」

ぬいぐるみの顔の中央、黒くテカテカと輝く鼻先。どうやらそこだけプラスチック製らしい。

何もかも吸収するふわふわもこもこの体とは違い、プラスチック製の鼻は衝撃に弱かった。希佐が当てたときとは比べものにならないほど大きく揺れる。

しかし、ぬいぐるみにもプライドがあるらしい。後ろに振れた体が堪《こら》えるように前のめりになった。次にまた後ろに揺れたときには最初ほどの勢いはなくて。このまま元に戻るのだろうかと思ったところで、追撃。

「あ……！」

二発目もカツンと鼻に命中した。ぬいぐるみの鼻なんて、そもそも的にするには小さすぎるのに。

一発目の反動を利用して、ぬいぐるみが更に大きく揺れる。

「最後」

間を開けず、三発目。最後の弾はのけぞっていたぬいぐるみの頭のてっぺん、ギリギリの場所に命中した。

後ろに傾く力と、コルク玉の勢いが真っ直ぐ重なる。

「ぬいぐるみ……！」

コルク玉と一緒に、ぬいぐるみが倒れていった。

「おめでとうございます～！」

カランカランと祝福のベル。棚に鎮座《ちんざ》していたぬいぐるみは見事フミの手へ。そしてそのまま、希佐に渡される。

「いいんですか？」

「当たり前。欲しかったんだろ」

手の中のぬいぐるみ。柔らかくて温かい。

ぬいぐるみを見つめたまま二人は歩き出す。

「継希《つき》さんだろ」

ぽつりと、フミが言った。

「え……」

突然出てきた兄の名前。驚いた。

ちょうど、継希のことを考えていたから。

(そうか、フミさんは知っているんだ)

ぬいぐるみ。

「……ユニヴェールに入った継希にぃが贈ってくれたんです、クリスマスに、ぬいぐるみを。友達代わりのつもりだったんですかね。私が寂しくないようにって」

もしくは継希の代わり、だろうか。だとしたら、ぬいぐるみの責任が重すぎる。

フミが「俺さ」とぽつりと呟く。

「継希さんに正面からぶつかっていくことが多かったから、プライベートな話、そこまでしたことないんだわ。継希さんも継希さんで、俺が倒すべき相手を演じてくれていたような気がする。継希さんってそうなんだよ。相手が求めている形に姿を変えるんだ」

かつて継希のパートナーだったフミ。希佐が知らない継希の話。

「でも時々、垣間《かいま》見えるものはあってさ。大事にしてる人がいるんだなってのはなんとなく気づいてた。お前見て、ああ、この子のことだったんだなって」

希佐はぬいぐるみをじっと見る。胸の中、様々な感情が湧き上がってきた。上手く言葉にできなくて、結局全てを飲み込んで。

希佐はフミを見る。時代は変わり、時は流れて、かつては継希のパートナーだったフミが今は自分の隣に並んでいる。自宅で一人、ぼんやりぬいぐるみを眺めていたあの頃とは違う。

「……あ」

急に、目に入ったものがあった。

「フミさん、ちょっと待っていてください」

そう断って、希佐は歩き出す。フミは考えるような仕草を見せたがすぐに「ん」と了承した。

辿り着いたのはたくさんの花で飾られた木製のワゴン。中にはこの遊園地ならではの様々な品々。

「お待たせしました」

希佐はフミの正面に立ち、ぐっと背伸びする。

希佐よりもずっと背が高い彼の頭にちょこんとクマ耳のカチューシャ。もちろんこの遊園地のマスコット、サスペンダーベアのクマ耳だ。

「こいつは……？」

希佐は携帯でフミを撮る。写真を見せるとフミは「なるほどね」と。さすがの彼も希佐の突飛な行動に驚いているようだ。

「フミさん」

希佐はじっとフミを見る。

「可愛いです」

「いやいやいやいや」

いつも余裕たっぷりなフミが、口元を押さえ否定するように首を振った。

照れている。

普段見られない彼の表情が見られて嬉しい。

だから希佐はおそろいのカチューシャを自ら装着する。

「どうでしょうか」

両手を広げて見てくださいとアピール。照れくさそうにしていた彼がふはっと笑った。

彼が年相応に見える。

「可愛い」

そう言ってくれると思ったけれど、実際に言われるとやっぱり照れくさくて、広げていた手を閉じてしまった。フミが更に大きく笑う。

——楽しい。

自然とそう思えた。

(お前もバカやれよ、だよね)

希佐はフミに言われた言葉を頭の中で繰り返す。そして、決めた。

「フミさん、私、あれに乗りたいです！」

目に入ったアトラクションをビシリと指さす。別に何でも良かった。フミと一緒になれるなら。

「……リョーカイ」

とびきり優しい声でフミが言う。

――華のある人。

最終公演が終われば卒業してしまうけれど、自分は変わらず彼のことを追い求めるだろう。

だからこそ、今、この瞬間を全力で楽しもう。


「私、楽しんじゃいけないような気がしていました」

はしゃぎすぎてズレたカチューシャを直しながら、希佐は言う。

「自分の夢のために、自分が大好きなユニヴェールという場所の形を壊して、嘘と隠しごとで塗り固めて。私がユニヴェールに存在していること、それそのものが罪なんです」

あえてフミを見ない。ただ真っ直ぐ、顔を上げる。

「舞台は、楽しいです。ユニヴェールでの生活も。でも、それで充分で、それ以上のことは求めちゃいけないと思っていました。いえ、言い聞かせてきました。舞台のこと以外で、ユニヴェールのこと以外で、楽しんじゃいけないって」

震える心が影を追いそうになっても、決して俯かなかった。

「そんなことしたって、私の罪が消えるわけでもないのに。でも、ユニヴェールにいるためには捧げられるものは全て捧げなきゃいけないって」

フミは黙って耳を傾けていた。希佐と同じように前を向いて、是も否もなく、全てを希佐に委ねるように。

「これからも、そうであるべきだと私は思うんです。私は透明になれないから、なれないからこそ、透明になるための犠牲を払わなければいけないって。でも……」

希佐はユニヴェールがある方角を見る。

「ユニヴェールのみんなを大事にしたいんです。矛盾だらけの私には、おこがましい願いかもしれないけど、大切な人を、大事にしたい。……フミさんのことも」

ゆらゆらと潤む瞳でフミを見つめる。

「大切なんです」

フミが楽しそうで、嬉しくなった。フミも同じはずだ。

楽しむ自分を許せず罪の意識に苛まれても、俯いて丸まった背中ではなく、凛《りん》と胸を張った姿を見てもらいたい。

フミは何も言わなかった。希佐の考えに色を付けることなくただただ静かで。

でもきっとそれが、何にも勝る彼からの肯定なのだろう。


夕暮れ時「あれ、乗ろうぜ」とフミが観覧車を指さす。

ゴンドラの中、二人きり。徐々に視界が広くなっていく、玉阪の街が広がっていく。

「また来てーな」

フミがぽつりと呟いた。

「今度はバカしないでゆっくりやろうぜ」

彼の表情は、どこまでも甘い。

「言われて行くんじゃなくて二人で行こうな」

希佐ははにかむように笑う。

フミの手が、希佐の頬にそっと触れた。

向春の候

1

「……今週末、私用で出かけるつもりだ」

恐らく今は梅の盛り。しかしその香りをかき消す夜風から希佐《きさ》を守るように寄り添い歩いていたユニヴェール公演のパートナー、睦実介《むつみかい》がためらいがちにそう言った。

「私用、ですか？」

クラス稽古後、二人稽古まで終えて、ほとんど寝るためだけに戻るクォーツ寮へと歩みを進めていた最中。

希佐は密かに驚いていた。

なにせ睦実介という人は常に誰かを優先し、自分は列の最後に並ぶような人だから。ユニヴェール公演を間近に控えた今、身も心も全て何もかも、クラスのため、舞台のため、ユニヴェールのために捧げてしまいそうなところなのに。そんな彼が『私用』。

希佐は思った。

（良かった）

自分のために時間を使うことは、自分を大切にすることにも繋《つな》がる。カイのように自分が持っているもの全て人に与えてしまうような人なら尚更《なおさら》だ。

だから「そうなんですね」と彼を見上げる希佐には笑顔があった。

(だったら今週末は……)

風が、二人の間をすり抜ける。

(あれ?)

急に体が冷え、肌が粟立《あわだ》った。

風のせいか? ——いや。

もっと奥、胸の底、手が届かない場所。

(あ、れ……?)

浮かぶ疑問符、いつの間にか首をかしげていた。その無意識の仕草に遅れて気がつき、慌《あわ》てて姿勢を正す。笑顔、と自分に命令した。きっと笑えている。——でも。

(…………)

上手《うま》く思考が働かない。

何もかも風にさらわれてしまったとでもいうのか。

「予定はあるか?」

真っ白な中、問いが来て。その白に飲み込まれる。

「え……?」

その意図をほどくことができないまま声が出て。

「今週末……」

「あ、はい！」

それでも希佐はカイの言葉に必死で耳を傾ける。カイの声が頭よりも先に心へと響く。

（そっか）

もともと、勝手に、なんとなく。

（週末も、カイさんと過ごす気でいた）

カイに私用ができた結果、そのスケジュールは消えたわけで。

それが、なんとも――寂しくて。

（そっか）

頭の中の真っ白が、霧に変わって晴れていく。

見たくなかった心の形がそこにある。

（私、週末、カイさんと一緒に過ごしたかったんだな）

カイが自分のために時間を使う、それが心から嬉しいのに、その気持ちだけで満たされたかったのに、寂しさが心の形を歪《ゆが》ませる。自分に失望する。

「そうか……」

ぽつりとカイが呟いた。声色が、今の希佐の哀色《あいいろ》に似ていた。

どうして、と思ったのは一瞬。

（あ！）

希佐は気づいた。今週末、予定はあるのかと訊いてきたカイに「はい」と。意図せず予定があるかのように返していたことを。

「私、今週末はカイさんと一緒に過ごすつもりでいました！」

歪《いびつ》だった感情は、声に出してしまえばあまりにも真っ直ぐだ。

カイは面食らった様子で目を丸くし、希佐はハッと我に返る。

「あっ！　す、すみません急に、あの、勝手なことを……！」

とても恥ずかしいことを言ってしまった。

狼狽《うろた》え言い訳しようにも上手く言葉が出てこない。そもそも胸の内をそのままに口にしたのだから隠しようもない。

そんな希佐にカイは「そうか」と。

「俺も、そのつもりだった」

はにかんで言った。

多分、彼は希佐の歪さをそのまま愛している。

「すまない、話し方を間違えたな。俺自身の問題だ。立花《たちばな》、今週末、俺はお前と一緒に過ごしたいと思っている。それで、もし良ければ俺の『私用』に付き合って欲しい。ただ、無理はしなくていいんだ。過ごし方は色々ある」

少し間を開けて「なにせ俺にはカフェもある」とカイが冗談めかして言った。思わず笑ってしまい、そんな希佐を見てカイも微笑む。

気持ちが落ち着いていくのがわかる。

(怖がらなくていいんだ)

カイは受けとめてくれる。

「カイさん、その『私用』って?」

ようやくいつもの調子で問いかけた。

「ああ、教会の子どもたちのことだ」

比女彦《ひめひこ》通り沿いにある教会に、様々な事情で親元から離れた子どもたちが生活する施設が併設されている。

カイ自身、親との死別後、施設で暮らしていた経験があるため、似たような境遇にある子どもたちのことをよく気にかけていた。

希佐もそんなカイの一面を知ることで度々《たびたび》足を向けるようになり、今ではカイ同様、子どもたちに懐かれている。

「実は今度、教会の子どもたちと一緒に動物園に行くことになってな」

それが今週末の『私用』だろうか。だが、話は続く。

「ただ俺は、その動物園に行ったことがないんだ。そもそも動物園自体が、あまり……。

だが、引率なのに右も左もわからないじゃ話にならないだろう？　だから下見に行きたいんだ。それで……」

そこで言葉を句切って、希佐をじっと見つめる。

「……一緒に行かないか？」

吹く風が心地よい。

「カイさんと一緒に、動物園……？」

「ああ。俺の『私用』に、付き合って欲しい」

気遣いながらも手を引くような強さでカイが言う。

「……はい」

希佐は大きく頷《うなず》いた。

「一緒に行きたいです」

カイがホッと胸をなで下ろした。

「玉阪《たまさか》市内にある動物園なんだ。さほど広くはないが色んな動物がいるらしい」

いつの間にか止まっていた足を、二人揃って踏み出す。

「子どもたちはいつ行く予定なんですか？」

「春休みだ。もう少し暖かくなってからだな。朝出発して、動物を見て、弁当を食べて……遠足のようなものだ」

きっと、春休みの楽しい思い出になるだろう。

そこで希佐は思いつく。

「だったら私、作りますよ」

「作る？　何を？」

不思議そうな表情を浮かべるカイに希佐は言う。

「お弁当です」

「………！」

せっかく下見に行くのだ。実際の行程をなぞったほうが情報に厚みが出る。

「それは……大変じゃないか？　ただでさえ最終公演期間中の忙しい時期に……」

しかし、カイは申し訳なさそうだ。

「はい。だから簡単なもので」

「だが……」

希佐に負担をかけたくないのだろう。こんなに気を遣わせるなら、引いたほうが彼のためかもしれない。

しかし、この提案には希佐の感情も入り交じっていた。

言葉にするのは気恥ずかしいが、だからこそ伝えるべきだろう。カイだって、希佐を動物園に誘ってくれたのだから。

「私、自分が作った料理を、カイさんに食べて欲しいんです」

そんな感情が湧き上がったことに対して、希佐自身驚いている。

窺うように見上げた彼は、手の甲で口元を覆い、明らかに動揺していた。

「そ、そう、か……」

カイが噛みしめるように言う。

「すまない、思い至らなかった。そうか。そう、か……」

カイの目が何かを探すように右へ左へと泳いだ。しかし、結局見つからなかったのか、観念したように口元を覆っていた手を下ろし、希佐を見る。

「それは、とても、嬉しい」

普段、低く落ち着いた声色で滔々《とうとう》と語る彼らしくない辿々《たどたど》しさ。

「すまない、上手く言葉にできない。まいったな、どうしたらいいんだ」

きっと彼の中、希佐に伝えたい想いがたくさんあって、そのどれもが大きくて、その全てが希佐に優しい。

もどかしそうな彼の姿が、それを如実に語っている。

「……週末、楽しみましょう、カイさん」

だから、何もかも包み込むように希佐が言うとカイがハッとして、頷きながら「そうだな」と。

宵闇《よいやみ》を照らす穏やかな月を眺めるように目を細めてそう言った。

2

「立花、持つぞ」

「あ、でも……重たくなっちゃって」

「気にするな、問題ない。尚更持たせてくれ」

髪を撫《な》でる風が随分と暖かい。

クォーツ寮を出たところで、肩にかけていたトートバッグをカイが受けとった。

「じゃあ、行くか」

「はい！」

よく晴れた週末、目的は動物園。ユニヴェール前からバスに乗り、まずは玉阪座駅へ。

「動物園は玉阪座駅の向こう側だ」

話しながら、駅構内を通過する。

「そういえば、駅の向こう側にはあまり行ったことがないです」

生活必需品であれば玉阪坂に並ぶショップである程度揃う。玉阪坂になくても、それこそ玉阪座駅にある百貨店に行けば何でもあった。

「俺もあまりないな。そもそも街を散策すること自体ほとんどなかったから……」

そう言いながらもカイの歩みに迷いはない。駅の反対側に出て、大通りを真っ直ぐ希佐を先導するように歩いている。

「カイさん、動物園は初めてですよね？」

「ああ」

「道、詳しいですね」

「ああ。調べておいた」

カイらしい、と思っていたら彼は更に言う。

「浮かれているからな。お前と一緒に、出かけられることに」

こういうところもカイらしいけれど、まだ慣れない心臓が大きく跳ねる。いつか慣れる日が来るのだろうか。だが、いつかは今よりもっと大きく希佐の心臓を鳴らすのかもしれない。

「立花、最短の道と、歩きやすい道、どちらがいい？」

「歩きやすい道でお願いします」

「任せてくれ」

二人、日が差す道をゆっくり歩き、少し坂を上った先、なだらかな丘に並ぶ木々の合間。

「あっ、あそこ！」

動物園の入り口が姿を現した。入り口には象やキリン、ライオンといった動物たちのオブジェが並び、来客たちをお出迎え。多くの家族連れがそのオブジェたちと一緒に写真を撮っている。

「教会の子たちも、ここで写真を撮ったらいいかもしれませんね」

はしゃぐ子どもたちの姿に教会の子どもたちを重ねそう言うと、返事がない。

「……カイさん？」

子どもたちからカイへと視線を移す。

カイは週末の賑わいを穏やかに見つめていた。

「……そうだな。みんな喜びそうだ」

遅れて、希佐の言葉への返事。

「じゃあ、チケットを買ってくる。ここで待っていてくれ」

気遣うようにそう言って、カイはチケット売り場へ。「あ、支払い」と慌てたが、それを踏まえての言葉だったのだろうか。

希佐は再び動物たちのオブジェを見る。そこには笑顔が溢《あふ》れている。

「待たせたな」

三分もかからずカイがチケット二枚を手に戻ってきた。渡されたチケットを見て、希佐の表情がほころぶ。

「動物の写真入りですね」

希佐のチケットには毛並みが良く、白くてまん丸な――アヒルがいた。黄色いくちばしからぐわぐわと鳴き声が聞こえてきそうだ。

「ああ、そうだったのか」

言われるまで気づかなかったのか、カイも自分のチケットを見る。その瞳が写真と噛み合った途端、パチパチと光彩が飛んだような気がした。そのまま、食い入るように写真を見ている。

引きよせられるように、希佐はカイのチケットをのぞき込んでいた。

「あ、オオカミ」

彼のチケットにはアヒル――ではなく、オオカミの姿が写っていた。

「立花は違うのか？」

「はい。これ……」

カイが希佐のチケットを確認する。

「このチケット……、動物園にいる動物たちの写真が色々と使われているのかもしれないな」

言いながら、カイがチケットと一緒に渡されたパンフレットを開いた。

「やっぱりそうだ。アヒルはこのふれあい広場。オオカミはここ、オオカミの森にいる」

カイが改めて、自分のチケットを見た。射貫《いぬ》くような目でこちらを見るオオカミの写真。

「好きですか?」

希佐は柔らかく質問する。

「好き?」

「オオカミ。カイさん、オオカミのことが好きなのかなって」

カイが狼狽《うろた》え、固まった。本当に、何もかも全てが停止しているように見えた。

「……シベリアンハスキー」

急にカイが呟く。言わずもがな、精悍《せいかん》な面立《おもだ》ちをした大型犬だ。希佐の質問の答えとしては、少しズレているようにも見えるが、希佐の思考は透明なまま、彼の言葉に耳を傾ける。

「町で見かけると、なんとなく、眺めている時間が多かった。動物全般、わりと好きなんだが……もしかするとその中でも特別好き、なのかもしれない。オオカミにもそれに近しい感情がある」

言ってから、物憂《ものう》げにため息をついた。

「もっとこう、はっきり好きだと言えたらいいのだが。どこが好きだとか、何が好きだとか、言語化できれば……」

もどかしそうにチケットを見つめるカイ。でも、と希佐は思う。

「理由がないこともありますよ」

「理由がない？」

「はい。なんでだかよくわからないけど好き、なんてこと結構ありますし。後々になってどうして好きだったのかわかることもありますから」

今はその形のまま、受けとめてしまえばいいのではないだろうか。

「そうか……。それは、そうかもしれないな……」

希佐の言葉でカイも腑《ふ》に落ちたようだ。

「自分の気持ちに向き合うことに対して、俺は初心者だ。今、何もかも知ろうとすること自体、無理のある話かもしれない。だったら、今は……」

カイが希佐を見て、表情を和らげる。

「オオカミを見られるのが、楽しみだ」

希佐は大きく頷いた。今はきっとそれでいい。

「ちなみに……オオカミも、シベリアンハスキーも、ネコ目《もく》イヌ亜目《あもく》だ」

「オナカと一緒ですね！」

笑い合って、ようやく二人は動物園へと入場する。

真っ先に現れたのは動物園の花形、象。すぐ側には極彩色の鳥が並んでいて、鳥たちを真ん中に道が右と左に分かれている。

「オオカミ、どっちにいますかね」

「左だな。右にはふれあい広場がある。最終的には合流するようだ」

「カイさんはどっちから見たいですか？」

「そうだな……」

ひとつずつお互いの意見を確認し、二人の感情を混ぜ合わせてひとつにする。

「……あ、カイさん、アヒルです、アヒルがいます！」

選んだ道の先、ふれあい広場で発見したアヒルに希佐の声が弾《はず》んだ。思わず近づくとアヒルはぐわぐわと鳴き声を上げ、お尻を振りながら逃げていく。

「あ、ああ〜」

残念がる希佐に背後から見守っていたカイが「餌をやってみるか」と尋ねてきた。その声に振り返ったのは希佐だけではない。

「ぐわっ！」

アヒルが大きく一鳴きし、希佐の隣を素通りしてカイの足元まで駆けていった。そしてカイの周りをぐるぐる回る。

「……懐かれちゃいましたか？」

「極々《ごくごく》たまに……こういうことがある」

普通であれば、極々たまにさえ起きない事象だろうが。

アヒルはカイの足に寄りかかるようにして、どっしり座り込んだ。そっとカイに近づくとアヒルは先程とはうって変わって温容《おんよう》で、希佐のことは気にせず休んでいる。

「アヒルちゃん!」

そこで弾《はじ》けるような明るい声。

見れば小学校に上がる前だろう年齢の少女がこちらに向かって駆けてきた。しかし、すぐ側にいる希佐とカイに気がつき立ち止まる。人見知りしているのかもしれない。

「アヒルちゃん、好き?」

やんわりと、カイが少女に尋ねた。どこか幼い口調は秋公演のジェイコブを彷彿とさせる。「好き」と頷いた少女にカイが手招きすると、彼女は誘われるようにゆっくり近づいて、アヒルの後ろにしゃがんだ。

カイがしーっと口元に人差し指を添え、そのまま、アヒルを撫でる仕草。

少女はそれを真似るようにそっとアヒルに触れた。少女の小さな手がアヒルの羽根を優しく撫でる。

「いい子だ」

アヒルと少女を褒めるようにカイがそう言うと、アヒルが急にぐわっと鳴いて立ち上がった。あなたの顔は立てたわよとでも言うかのように体を大きく震わせて、もう一度ぐわ、と鳴いて去って行く。

「すみません、ありがとうございました！」

恐らくすぐ側で見守っていたのだろう少女の両親がアヒルと入れ違いに少女の隣に立つ。少女は「アヒルさん、いっちゃった」と名残惜《なごり》しそうにしていたが、他の子どもが近づくたびにけたたましく鳴いて追い払う姿を見るに、あのアヒルを撫でられたのは奇跡だろう。

「ほら、行くわよ」

両親に促され、少女が駆けていく。途中こちらを振り返って「ばいばい」と手を振った。振ったその手で両親の手を握る。微笑ましい光景だ。希佐は親子を見守りつつ、カイへと意識を向ける。

「……カイさん？」

親子を見つめるカイの眼差《まなざ》しは、どこか遠い国のおとぎ話でも眺めているようだった。

「ばいばい」

彼の口から出てきた別れの挨拶。しかしそれは、カイの言葉と言うよりも、『そうあるべき姿』を演じているようで。

（あ……そうか）

希佐は思い出す。

――「私用」。

最初にカイが言った言葉。それが頭の中を回る。

それから、ふれあい広場を離れ緩《ゆる》やかなカーブの道を二人歩いた。

エリアとエリアを繋ぐ通路で動物の姿はない。カーブに沿って並ぶ生い茂る木々が、自分たちの行き先を隠している。

声が聞こえた。楽しげに話す家族連れの声だ。中でも子どもの声が特別響く。

親に抱かれて、親に手を引かれて、親を置いて走り回って、子どもの姿は様々。親の愛情という温かな上着が子どもたちを包み、笑顔にしている。

それを、カイが穏やかに眺めていた。

眼差しは温かく、口元は優しく。その幸せが続くことを静かに祈るように。

胸の痛みを隠しながら。

「……！　立花？」

希佐はカイの腕を摑《つか》んだ。

驚き目を丸くするカイに希佐は言う。

「オオカミ」

「え」

「オオカミ、この先にいます。早く行きましょう！」

そう言って、希佐はカイの手を引き走り出した。

「た、立花……!?」

いる。

「早く早く！」

優しく温かな光が、辛《つら》く悲しい過去を残酷に照らすことがある。それを、希佐も知っている。

だからどんなときでも助けてくれるのだろう親を、無邪気であることが許される子どもを、憂《うれ》いのない幸福な家庭を追い越して、木々に閉ざされ先が見えぬ曲がり道を前へ、前へ。

希佐は手の中にある彼の重みを固く固く握りしめ、走る。

（祈らなくて良いんです）

自分の心を殺し、名も知らぬ誰かのために祈らなくていい。

目をつぶり、耳を塞《ふさ》ぎ、なにひとつ受けとめず、駆け抜けてしまえばいい。

（カイさんには、私がいる）

握りしめていた手が、急に軽くなった。驚き振り返った先、ふわりと、風。

カイが隣に並び、トートバッグを肩にかけ直して笑った。

「行こう。早く」

カイが真っ直ぐ希佐を見ている。

希佐はカイの手を放した。そのまま全速力。

急に視界が開けた。

向春の候

「あっ！」

目の前に『オオカミ舎』。カイと顔を見合わせて、中へと急ぐ。即座に息を呑《の》んだ。

ガラス窓で仕切られた向こう、草木が生い茂る放飼場《ほうしじょう》の真ん中、積み上げられた岩場の上。

月白《げっぱく》色の毛並みと、金色の瞳。

「……オオカミ」

希佐とカイの声が重なる。

人の目にさらされながらも人のことなど気にもせず凛《りん》と、オオカミがいた。

「本物の、オオカミ……」

食い入るようにオオカミを見つめるカイ。チケットにオオカミの姿を見つけたとき以上の光彩がその目にある。無防備で、無邪気で、少年のようだった。

するとそこにもう一頭、オオカミが姿を見せた。月白色のオオカミに比べると幾分《いくぶん》小さいそのオオカミは、じゃれるように飛びかかったかと思えば体をすり合わせ、一緒に走り出す。

二頭が深い絆《きずな》で結ばれているのだろうことがひと目でわかった。

その姿に憧れを感じるのは何故だろう。

オオカミたちはしばらく走り回って、今度は人の視界に入らない場所へと消えていった。

「……オオカミ、よかったですね」

「ああ」

「カッコよかったです。それに、綺麗でした」

「……ああ」

丘の上へと伸びる坂道。ゆっくり歩きながら希佐とカイは振り返る。

オオカミを見ていた時間自体は恐らく短い。だが、彼らの姿は鮮明だ。

「写真を撮っておいたら、良かったかも、しれない」

カイがぽつりと言う。

「いや、見られただけで良かったんだ。形にこだわる必要はない」

ただ、すぐに言い直した。求めすぎてはいけないと自戒したのだろう。

しかしまたすぐに、ふるふると首を横に振った。

「欲しかった、写真が」

希佐はそれに頷く。正直で良いのだ。後悔の先、諦めなければ道はある。

丘の上に辿り着くと、見晴らしの良い芝生の広場が広がっていた。そこに設置されたベンチに座り、カイが下ろしたバッグを希佐が受け取る。

「本当に簡単で、申し訳ないのですが……」

バッグの中から二段重ねの弁当箱。それをベンチに広げる。

「いや、すごいじゃないか」

まずは一段目。ハムや卵、ツナやチーズをくるくると巻いてラッピングしたロールサンドイッチ。二段目には唐揚げや卵焼き、ポテトサラダといった定番のおかずがぎっしり詰まっている。

「それから……」

最後に一つ、希佐がバッグからとり出した物。水筒――のように見えるだろう。

希佐がその蓋を開くと、ふわりと蒸気。おいしい香りと一緒に。

カイがすぐに気がついた。

「シチュー?」

驚くカイに希佐が頷く。

「これ、スープ用の保温容器なんです。よかった、ちゃんと温かい」

カイのためのお弁当。真っ先に作ろうと思ったのがシチューだった。

つい先月、カイと寮食で食事をとろうとしたとき、出てきたのがシチューで。「おいしそうです」と話す希佐に「そうだな……」と返したカイの表情と声色が温かかった。だから思わず訊いたのだ。「シチューお好きですか?」と。彼は驚いた顔をして、考え込むように黙って。そして言った。

──そうかもしれない。

希佐はカップにシチューを注《つ》ぎ、カイに差し出す。

「カイさん、どうぞ」

親を失い、親戚から冷たい目を向けられ、最後は血の繋《つな》がりを断つように施設に入ったカイ。助けを求め懸命に伸ばした手は何度も振り払われた。

だったらもう希望を持たなければ良いのだと、幼い彼は好きも嫌いも全て何もかもかき混ぜ濁らせて、自分の輪郭をおぼろげにした。

好きは辛《つら》い。手に入らないから。

嫌いは苦しい。目の前にあるから。

だが今、カイは自分の輪郭を自ら描こうとしている。

希佐は思うのだ。その輪郭に、たくさんのぬくもりを含んで欲しいと。

痛みをかじって飢えをしのぎ、悪夢から逃れるように前に進むのではなく、優しい思い出を励みに、温かい風に背を押され歩いて欲しい。

そんな彼の姿を見ていたいから。

「……カイさん?」

カイの手が伸び、希佐の手を両手で包んだ。

「怖かったんだ」

「え……？」

「教会で動物園に行くと訊いたとき、思ってしまった。……行きたくない、と」

懺悔《ざんげ》するようにカイは言う。

「動物園には、たくさんの『家族』がいるから。その全てを受けとめる自信がなかった。多分、俺は……動物園が、好きじゃ、ない」

なにひとつ驚かなかった。わかるから。

しかし、カイはそんな自分が許せなかったのだろう。一緒に行くのが自分とよく似た境遇の子どもたちなのだから、尚更。

「だが」

カイの手に力がこもる。

「立花と、行ってみたいとも、思ったんだ」

「……！」

希佐はハッと息を呑む。

「好きじゃないという気持ちと一緒に、立花と行ったら楽しんじゃないかという気持ちが芽生えて。真逆な感情がゆらゆらと」

――私用。

初めにカイが言った言葉が、再び蘇《よみがえ》る。

彼の複雑な感情が、彼に『私用』という言葉を使わせたのではないだろうか。

「好きじゃないはずなのに。……お前と一緒に行きたいという気持ちのほうが勝ったんだ。

……立花」

カイがそっと顔を近づける。至近距離、視線が重なった。

「楽しいよ」

彼の目の中、全て混ぜ合わせ濁っていた感情が晴れていく。

「お前のおかげで、ずっと楽しい。ありがとう、立花」

目を細め眩《まぶ》しそうに希佐を見つめるカイ。その表情がこれ以上なく幸せそうで。

「……私もです」

希佐はカイの肩口に額を押し当てる。人に気づかれないように一瞬だったけれど。

「私も……」

彼の中、永遠に残って欲しい。


帰り際、動物園の入り口近くにあるショップに寄った。

「あ」

ある物が目にとまり、思わず声が出る。

「どうした？」

「ちょっと待っていてください、欲しいものが」

希佐はそれをサッととり、早々に会計を済ませた。

それから数日後のことだ。

本番も間近というその日、カイの元に、一通のハガキが届いた。差出人は不明だ。

だが『睦実介様』という文字を見てカイはすぐに気がつく。

「これは……」

希佐の字だ。

驚きながらハガキを裏返す。

「………！」

オオカミ。

動物園で見たあの二匹のオオカミが仲睦《むつ》まじそうに写っている。

「絵ハガキ……そうか」

カイは希佐がショップで何を購入したのか理解した。そしてそれが、オオカミの写真が欲しいとカイが願ったからだとも。

ハガキの隅には小さくメッセージ。

『また行きましょう』

カイは思わず目を閉じる。

「……なんだか、泣きたくなるな」

冷たい涙ばかり流していた自分に、熱をくれた人。

「……好きだな」

揺らぐことのないその感情を口にして、カイはもう一度、絵ハガキを見つめた。

蒼天

1

「夕日、嫌いなんだ」

呟きは肌を突き刺す風よりも冷たく、けれど空は彼に逆らうように赤々と。

突然足を止めた彼の背に、希佐《きさ》は「創《そう》ちゃん？」と呼びかける。呼ばれた彼、世長創司郎《よながそうしろう》はじっと一点を見たまま動かない。山の向こうへ沈む夕日を安寧《あんねい》の巣を脅《おびや》かす種火《たねび》でも見るような目で見つめている。

「創ちゃん？」

もう一度名前を呼ぶ。それでも彼は動かない。世長から伸びる黒い影が、希佐の足元から心臓まで伸びてくる。頑《かたく》なな背中は、希佐を夕日から隠しているようにも見えた。

一年の締めくくりであるユニヴェール公演、彼がジャックエースで、希佐がアルジャンヌ。幼なじみだった二人がこのユニヴェールで再会し、主役として舞台に立つ。なんて美しく透明な物語。

しかし、透き通っているはずのそれに、今、琥珀《こはく》色の混沌が入り交じっている。

やがて、夕日に蓋《ふた》をするように、宵《よい》の蒼黒《そうこく》が落ちてきた。

「……行こうか」

ようやく振り返った世長がにこりと笑った。ゆったりと細められた目は細く、長く、口元に描かれた弧《こ》はまるで落ちていく三日月。

（初めて見る、笑い方）

本当に、彼の笑顔だろうか。そもそも彼は笑っているのだろうか。

希佐は歩き出した世長の隣に並んだ。離れないように一人にさせないように彼の歩調に合わせる。けれど彼の歩みは大きくて、希佐の歩数ばかりが増えていく。

（夕日、嫌い……）

そう言った彼の声の冷たさも、希佐が知らないものだった。ただ――

「希佐ちゃん？」

思考は阻《はば》まれた。世長がぐっと近づき、希佐の顔をのぞき込む。

「何を考えているの？」

不安。それが彼の中で激しく渦巻いている。

今の彼を支えているのは、希佐への想いその一つ。だから希佐にも同じであれと彼は願うのだ。想いの色も、形も、大きさも、全てが釣り合う天秤であれと。

「創ちゃんの言葉、思い出してたんだ」

希佐の応えに満足したのか、世長が「そっか」と微笑んだ。

その安堵が、すぐさま不安に変わることを希佐は知っている。

だって自分たちは同じではないから。

いくらでも見つかる差違に彼は苦しみ嘆いて、不安を埋めるためまた強く希佐を求める。異なるからこそ向かい合えるはずであってもだ。

冬公演、オー・ラマ・ハヴェンナ。ハヴェンナの男たちは、アブサン酒や、ポンタルチアのヨモギ売りに頼らなければ眠れなかった。

しかし人は刺激に慣れていく。刺激に慣れれば、もっと強い刺激を求めるようになる。その先に、光はあるのだろうか。

「休憩したら、また稽古しようね。二人きりで、二人だけで」

もっと。もっともっと。もっともっともっともっと。

欲望は平穏を食い荒らして乱れ咲く花。

(創ちゃんは一人じゃないよ)

私がここにいるから、私はいなくならないから。

考えている、彼のことを。想っている、彼のことを。

けれど、それが上手《うま》く伝わらなくて。

希佐は世長の横顔を盗み見る。

それは、一人で沈む夕日のように孤独だった。

「希佐ちゃん？」

燦々《さんさん》と、朝日。

呼ばれて希佐は顔を上げる。眩《まぶ》しい。

クォーツ寮のガラス窓から惜しみなく注がれる光が、正面に座る彼を明るく照らしている。

「創ちゃん」

「うん。えっと、その、……大丈夫？」

気遣うように尋ねる声にはぬくもりが溶け込んでいた。

つい一週間ほど前、夕日が嫌いだと冷たく言い放ったのが嘘のように。

（ああ、そうだ）

希佐はぎゅっと「今」に焦点を合わせる。

テーブルには朝食。ここはクォーツ寮の食堂。向かいの席には世長。一緒に食事をとっている最中だ。しかし希佐は箸を持ったまま動かなくなっていたらしい。

「あっ、ごめんね！　考えごとの邪魔しちゃったかな、ごめん！」

状況の把握には妙な間が生じ、そのわずかな時間で何らかの解釈を行ったのか、世長は謝罪という結論に至った。

「あっ、ううん！　えっと」

慌《あわ》てて彼の不安をとりのぞく言葉を練ろうとする。

しかし、彼が求めている言葉は、それだろうか。

「……ぼーっとしちゃってた」

ありのままを伝えると、世長は「そっか、朝早いしね」と笑って、それ以上追及しなかった。呼吸しやすい優しい距離感を模索するように。

自らを琥珀色に染めていた世長の姿はここになく、歩む道は透明だ。

ただ、度重なる変化は彼に痛みをはらませた。

世長は今、自分の感情を出すことに対して臆病になっている。

自身を曝《さら》け出したことで周囲に与えた影響を見つめ返してのことだろう。

透明になればなるほど色は濃く浮き上がるのだ。

そうやって思い悩むうちに、自分が本来どんな風に感情を伝えていたのか、わからなくなったのかもしれない。

いや、本来の自分さえもダメだったのではないかと何もかも否定してしまいそうな心と彼は戦っている。

彼を支え助けることができれば良いのだが、希佐が世長の目となり足となってはいけない。世長が自らの目で見て、自らの足で歩くことに意味がある。

ただ、ぐっと堪《こら》える姿が、何故か夕日を見ていた世長に重なるのだ。

（どうして夕日が嫌いなんだろう）

疑問をそのまま口にすれば答えが返ってくるのだろうか。

だが、あの時期の話を蒸し返すのは憚《はばか》られた。

世長にとって、見せたくなかったもの、聞かせたくなかったことがあの時期に凝縮されているだろうから。

だったらいっそ、忘れてしまったほうが彼のためだろうか。

しかし、何度も蘇《よみがえ》る。あの氷のような冷たさを持った言葉。その氷の奥にチラチラと、何故か懐かしい灯火《ともしび》が見える。

2

「よーし、いったん、休憩！」

組長である根地の号令。前半の稽古が終わり、希佐はふーっと息をつく。順調だ。クラスのムードも作り直されしっかり熱を帯びている。

パートナーである世長を見ると、彼もゆっくり肩を下ろし、喉を撫でた。

「喉、渇いた？」

訊けば「当たり」と世長が笑う。彼は水が入ったペットボトルを手にとり、キャップを開こうとした。

「…………」

しかし、動きを止めて「外の空気あびてこようかな」と持ち直す。

「私も行こうかな」

「ほんと？　じゃあ一緒に行こうか」

頷《うなず》き合って、二人外に出た。

「……わっ、寒いな」

しかし、ヒュッと大伊達山《おおだてやま》を駆け上がる風に巻き込まれ、世長が思わず足を引く。

「大丈夫かな、体冷えちゃうかも」

困ったように眉尻を下げてこちらを見る世長。

「でも気持ち良いね」

希佐は空を見上げ、透き通った空気を大きく吸い込んだ。

「それに、今日は天気が良かったね」

希佐は改めて世長を見る。

（……あ）

世長の横顔は悲しげだった。

（夕日だ）

世長の目は、沈む夕日を捉えている。いや、夕日に囚《とら》われている。

「……そろそろ戻ろっか」

そう言って、世長がぐっと水を飲んだ。夕日と自分を断ち切るように。

「けふっ！」

「そ、創ちゃん!?」

しかし、水が気管に入ったようだ。

「大丈夫、創ちゃんっ？」

「う、うん、だいじょ、だいじょ、ぶ……っ」

「ああ、しゃべらなくていいから！」

体を折り曲げむせ込む世長。背中を撫でるとじんわり熱く、思っている以上に広かった。

こういうちょっとしたやりとりで、彼との差を感じる。子どもの頃とは違うのだ。

そう、子どもの頃とは。

――夕日、嫌いだよ。

頭の中で響いた声は、幼く丸みのあるものだった。知っている、覚えている。

「……創ちゃん？」

思わず呼びかけた名前。世長が「え……」と戸惑《とまど》いこちらを見た。

「あ、ごめん！　もう苦しくない？　大丈夫？」

「う、うん……」

世長は違和感に気づいている。

今の世長ではなく、遠い日の幼い世長に呼びかけてしまった。

しかし、どう説明すれば良いのだろう。希佐自身、頭の中がちぐはぐだ。

「戻ろっか！」

突然、世長が普段よりも少し高い声でそう言った。表情も明るい。

「色々確認したいことも多いから、頑張らないと」

今やるべきことを言葉にして「ね」と相づちを求めるようにこちらを見る。希佐はこくりと頷いた。不思議なもので、乱雑な頭の中がすっと整理されていく。

「行こう」

歩き出した世長に続く。隣に並んで、歩幅は同じ。ただ少し、早足だった。お互いに。


後半の稽古は上手く気持ちが切り替えられたおかげか、集中力を切らすことなく打ち込むことができた。この充実感のまま眠ることができれば、夢を見ることなく朝になっただろう。

「…………」

しかし希佐は、自室の窓を開けぼんやりと夜空を眺める。

「夕日……」

真っ暗な空を頭の中で緋色《ひいろ》に塗り直し、遡《さかのぼ》る記憶。射貫《いぬ》くような目で孤独に夕日を見つめていた世長が蘇る。

琥珀色の時期、世長が奥底に沈めていた感情が放たれた。

ただ、奥底であてどなく揺らいでいた感情と、世に放たれ形を持った感情は、必ずしもイコールではない。

世長の夕日が嫌いだという言葉も、本来はもっと繊細で、複雑な様相をしていたのではないだろうか。

そう思うのは、今日、夕日を見つめる世長の横顔が、悲しそうだったから。

夕日を見て発した言葉は一時的な感情ではなく、彼の奥底にずっと揺らめいていたもので、その揺らめきの中に何か大切なものがあるのではないかと思えてならないのだ。

だって、その見えないはずの揺らめきを希佐は感じて、妙に懐かしく、無性に切なくなってしまうから。

希佐は視線を落とし、目を閉じる。記憶の中に答えがあれば良いのに。こういう時の思い出はどこまでも遠く、つれない。

結局、息を吐いて空を見る。冷たい風がさわさわと希佐の髪を揺らした。

「……………？」

そこで、こんこん、と控えめなノックの音が響く。来客だ。

「……創ちゃん?」

希佐は窓を閉め、ドアに向かって「はーい」と呼びかける。

「こんな時間にごめんね! えっと、創司郎です」

やっぱり、と思いながらドアを開くと、気まずそうな顔をした世長が立っていた。

「どうしたの、創ちゃん? あ、入って」

お邪魔しますと頭を下げ、遠慮がちに部屋へと入る。

部屋の真ん中で改めて向かい合うと、一瞬、世長の目が泳いで、けれどすぐに決心したようにぐっと力を込めて希佐を見た。

「今度の休みなんだけど、天気が良いらしいんだ!」

「!」

すぐに察する。それは二人だけの合図、お出かけのお誘い。

希佐は表情をほころばせ、「そっか、じゃあ出かけようよ」と応える。

いつもなら、釣られるように世長も笑顔になるのだが。

「……創ちゃん?」

彼はまだ緊張した面持《おもも》ちで希佐を見ていた。不思議に思いながら世長の言葉を待っていると、彼は言う。

「僕たちが昔住んでいた街も、晴れるみたいなんだ」

言葉の意味がすぐには理解できなかった。理解できないのに、頭の中で思い浮かぶ景色がある。

大きな木々に囲まれて、石の鳥居にすべり台。子どもが三人、演劇ごっこ。希佐が住んでいた街、離れた街。

「…………」

言葉に詰まった希佐を見て世長が「ご、ごめんね！」と謝罪した。

「たまたま、天気が良かっただけなんだ！　玉阪《たまさか》もすごく天気が良くて、絢浜《あやはま》も良くて、というかその日は全国的に晴れているらしくて！　だから、どこでもいいんだ」

動揺した世長が必死で言葉を重ねていく。

「行こう」

一言、そう伝えると、世長が黙った。しかしすぐに口を開こうとする。

無理はしなくて良いよとか、気を遣わせてしまってごめんねとか、後悔と懺悔《ざんげ》が滲《にじ》んだ言葉だろう。自身を否定する言葉だろう。

「……うん、行こう」

そんな自分の気持ちを押し込めるように世長が精一杯笑った。

彼は正しい道を模索し続けている。

3

休日、二人は冬の朝日よりも早くクォーツ寮を出た。ユニヴェールの門をくぐり、まだ眠る玉阪の街を下り、玉阪座駅へ。程なくやってきた始発電車に乗り込めば人はまばら。並んで腰を下ろし、まずは一息。

「ここからが長いね」

カバンを膝に置いた世長が、携帯で目的地までの経路を確認する。これから乗り換えが数回、移動時間もたっぷりだ。なにせ日帰り。滞在時間よりも移動時間のほうが長くなる。その長さを希佐は知っている。

「あ、ユニヴェール」

電車が動き出したところで世長が言った。正面窓の先、遅れて目覚めた朝日がユニヴェールを照らしている。

「行ってきます、だね」

世長が穏やかに言った。

「『行ってきます』……」

その言葉を噛みしめる。希佐の中で気持ちがぐっと引き上げられる感覚があった。

「そうだね、行ってきます、だ」

最初の乗換駅は玉阪座駅よりもずっと大きい。それに、玉阪座やユニヴェールを目的にやってくる人が多い玉阪座駅とは違って、ここにいる人たちの目的は様々で。ユニヴェール生としての振る舞いが求められる玉阪とは空気も違う。少しだけ、肩の力が抜ける。

「希佐ちゃん、ここで朝食にしとこうか」

見れば早朝から開いている飲食店も多い。どこで食べようかとあっちにこっちに右往左往。ただ、そんな何気ないやりとりが楽しい。

「創ちゃん、このお店オムライスあるよ」

店先に置いてあるメニュー表に、世長の好物を見つけた。

「えっ、ホントだ。しかも本格的だね。朝の洋食店って、トーストとか、スクランブルエッグとか、軽い物がメインだと思ってた」

興味深げにメニューをのぞき込む世長に「入ってみようよ」と誘いかける。

「いいのかな、希佐ちゃんも食べたい物あるんじゃ」

「でも、ほら、おいしそうだよ」

それに、世長が嬉しければ、希佐だって嬉しい。

「……そっか、じゃあ、入っちゃおうかな」

「うん」

店の中は案外すいていて、壁側の二人席に座ると、一つしかないメニュー表をお互いに譲り合うように見た。

「へー、色んな種類があるんだな。オムカレーにオムハヤシ……、菜の花のクリームソースかけなんてのもある。えっ、菜の花？　菜の花って春のイメージだった。あっ、二月って暦《こよみ》の上だともう春か」

「創ちゃん、どれが好き？」

「うわー、どれだろう！　どれもおいしそうだけど……。希佐ちゃんはどうする？」

「私はこのワンプレートモーニングにしようかな。サラダとスープと小さなオムライスがついてる」

「それもいいね」

会話は弾《はず》むように軽やかだ。それが新鮮だった。

もっとこうやって話せばよかったのかもしれない。

その場限りで終わって良い。あとあと思い出せなくて良い。意義を求めず、意味を作らず、ただ目を見て笑っていれば、それだけで満たされる何かがあったのではないかと表情が和らいでいく世長を見て思う。

食事を終えると、再び移動だ。

ゆっくり小さくなっていくユニヴェールを眺めていた玉阪座駅発の始発電車とは異なり、

今度は人も街も雲さえも次々姿を見せては消えていく。

「速いね」

希佐の言葉に「ね」と同意するように頷いて、そのままぽつりと。

「広いなぁ」

何が？　と視線で彼に問う。

「世界」

言ってから、世長は両手でバッと口を押さえた。

「恥ずかしいことを言っちゃった……！」

彼は身もだえ「ゴメン、忘れて……！」と訴える。

しかし希佐は「世界……」と反芻した。

（……そうだよね）

夢を追い、ユニヴェール歌劇学校に辿り着いた自分たち。全てを懸けて舞台に打ち込む日々が、ユニヴェールが自分たちの全てだ。

しかしそうやって唯一を見つめすぎたせいで、少しずつ視野が狭くなっていたのかもしれない。

実際はユニヴェールの外に世界があり、どこまでも広く、高く、自由だ。

だからこそ、自分は選ぶ。選択する。自分の道を、自分の場所を。

「ユニヴェールで創ちゃんに会えてよかったよ」

え、と世長が希佐を見た。

「世界って広いから、本当なら、再会できない選択肢の方が多いんだと思う」

窓の外、まばたき一つで変わっていく世界。

「創ちゃんがユニヴェールを目指してくれたから、また私に会いたいと思ってくれたから、こうやって、一緒にいられるんだよね」

ゆっくり目を閉じて、また開く。窓の外の世界は変わっても、彼は変わらずそこにいる。

「また会えて、よかった」

口から零《こぼ》れた言葉が遅れて胸の中に広がっていった。ゆっくりと実感していく。

世長はただただ目を大きく見開いて、希佐の言葉を上手く飲み込めずにいたけれど、やがて何度もまばたきして、固く目を閉じて、「ありがとう」と。早く、短く、聞きとるのが難しい小さい声で言った。けれど、希佐にはしっかり届いていた。

それからの会話は少なく、ぽつぽつと。隙間を埋めるように話すことも、無理に明るくふるまうこともなく、自然体で。

(今日、一緒にお出かけができて、良かった)

まだ目的地に辿り着いていないのに、希佐は思う。満たされていく。

それから再び電車を乗り継ぎ太陽がてっぺんからやや西へと傾いた頃。

「着いた……！」

なじみ深い駅舎に二人降り立つ。

「大丈夫そう？」

振り返った世長の目に映る希佐は帽子を深くかぶり、マフラーで口を覆って、顔を隠していた。

「あとは堂々としていれば大丈夫だと思う」

ここは希佐を知る人が住んでいる街。性別を偽りユニヴェールに在籍している以上、今の立花《たちばな》希佐という人間の痕跡《こんせき》を残すのは避けたほうがいい。

「ごめんね、こういう大変さがあるの、抜け落ちていて」

申し訳なさそうに世長が言う。だからこそ、希佐には気になることがあった。

どうして、自分たちが住んでいた街に二人で行こうと思ったのだろう。

話を聞いたときは頭の中で思い出が氾濫して意識が別のほうへと流れてしまったけれど、後から疑問が湧いてきた。

「じゃあ、行こうか」

世長が先導するように歩き出す。

（行けばわかるのかもしれない）

人通りが多い駅前から早々に離れ、細く、わかりづらい裏道へ。子どもの頃、よく使っていた道だ。

「こっち……だよね」

離れてからそれなりの年数がたつというのに世長の歩みはなめらかで、それだけ、彼の記憶にも残っている街なのだと思う。

「……ここだ」

やがて、彼の歩みが止まった。目の前に、石の鳥居。ぶわりと肌が粟立《あわだ》った。思い出がある。いくらでも、いつまでも。嵐のように、希佐を飲み込んでしまいそうな勢いで。

「懐かしいね」

世長の呟きが、それを止めた。

「入ろうか」

促され、希佐は頷く。少しずつ、体温が戻っていく。

「懐かしいな」

世長がぐるりと神社を見渡した。

「希佐ちゃんと継希《つき》くん、ここで演劇ごっこをしてた。それに、混ぜてもらったんだ」

思い出をなぞるような声。

「『月の王め……観念しろ！』」

希佐は声を上げた。世長がハッとした直後、顔つきが勇敢な騎士へと変わる。

「『僕たちの父さんを返せ！』」

この街でなくしたものがたくさんある。悲しみの味を覚え、小さく殻《から》にこもったこともあった。しかしそれは、この街で大切なものを得たからでもある。世長のことだって。

「継希にぃ」

「えっ」

「そこにいたんだよね、継希にぃ。月の王。私たちを見下ろしてた」

希佐が神社には不釣り合いなすべり台を見つめる。

「……希佐ちゃん、月の王からお父さんをとり戻せたか、覚えてる？」

「彫刻にされちゃったお父さん？　……覚えてないな。月の王のシーンはすごく覚えているのに。創ちゃんは覚えてる？」

「僕も、あんまり。でも舞台ってそういうものかもしれないね」

世長がすべり台を劇場でも眺めるかのように見る。

「衝撃を受けたシーン、感動したシーン、印象的なシーン、それが頭の中に強く残って、繰り返し舞台は続いていく。でも、そのシーンに行き着くまでの積み重ねや流れがあるからこそ輝いている部分があって……」

言いながら、世長がすべり台にそっと手を添え、砂埃《すなぼこり》を払った。希佐は「そうだね」と頷く。

「覚えていないところにも、大事なものがたくさんあるんだよね」

「ね。お芝居もそうなんだよな。地味で、じれったくて、目に見える形で結果が得られないこともたくさんあって、これが正しい道なのか迷ってばかりだけどさ。そういう苦しいことも、全部大事で。一歩一歩、自分の足で進んでいかなきゃいけないんだ」

うん、と自分の言葉を咀嚼《そしやく》するように世長が頷いた。

「芝居に僕の息づかいが感じられなきゃ、僕が演じる意味、ないしさ」

そう言いきった世長の表情が、すっと晴れていく。

「創ちゃん、どうして今日、ここに誘ってくれたの？」

導かれるように問うていた。何故か無性に聞きたくなった。

世長が手についた砂埃を払ってから、希佐に向き直る。

「最終公演が始まってから、嵐みたいで。自分なりに考えて行動しているつもりだったけど、いつの間にか人に依存してた。なんとか自分をとり戻せた感覚はあるけど、まだぎこちなくて……。何もかも曝《さら》け出した分、自分がどういう人間なのかの境界線があやふやになっちゃったんだと思う」

だから、と世長が目を細める。優しく、穏やかに。今までとはどこか違う、大人びた表情。けれど、これも確かに彼なのだ。

「原点回帰。僕にとって始まりの場所はここだから。僕がいて、希佐ちゃんがいて、継希くんがいて、三人でやった演劇ごっこ。あの純粋な気持ちを思い出したかった。……希佐ちゃんの隣で」

世長がぎゅっと目を閉じてから希佐を見る。

「僕はもう一人じゃないよね」

確認と、確信。

「うん」

希佐は足を踏み出し、大きく頷いた。

「一人じゃないよ」

すべり台の砂埃でまだほんの少しかさつく手を、希佐はぎゅっと握りしめる。

「私がいるよ。クォーツのみんなもいるよ」

世長がはにかむように笑った。希佐も同じように笑い返す。自分たちは異なる人間だけれど、こんなにもピッタリ重なり合っている。

「……あ、もうこんな時間か」

世長が西の空を見た。そこには、赤く染まり出した太陽。

「僕、夕日好きじゃなかったんだ」

希佐がずっと引っかかっていたこと、気にかかっていたことを彼はさらりと口にする。

苦笑交じりでだ。

「希佐ちゃんにつられちゃってさ」

「……え」

話に自分の名前が出てきて、思わず戸惑った。

「あれ、覚えてない？　ほら、夕方になると演劇ごっこ、終わりでしょ？　希佐ちゃん『夕日嫌いー!!』って叫んでたよね」

「えっえっ」

慌てて記憶を振り返った。

「……覚えてない」

「あはは、小さかったしね。希佐ちゃんがしょっちゅう『夕日嫌いー！』って言ってたから、僕も楽しい時間が終わるのは全部夕日のせいなんだって思うようになって。あと、希佐ちゃんをこんなに悲しませるなんて許せないぞ！　って」

でもね、と世長が息をつく。

「だんだんそれが、希佐ちゃんとお別れしなきゃいけない寂しさに変わっていったんだ。……引っ越してからもね、夕日を見るとあの切ない気持ちを思い出しちゃって。それがずっと続いてた。ユニヴェールに入ってからもそうでさ。でも、違うよね」

世長が希佐を見る。目が合って、しっかりと真っ直ぐ繋《つな》がり合っていると心でわかった。

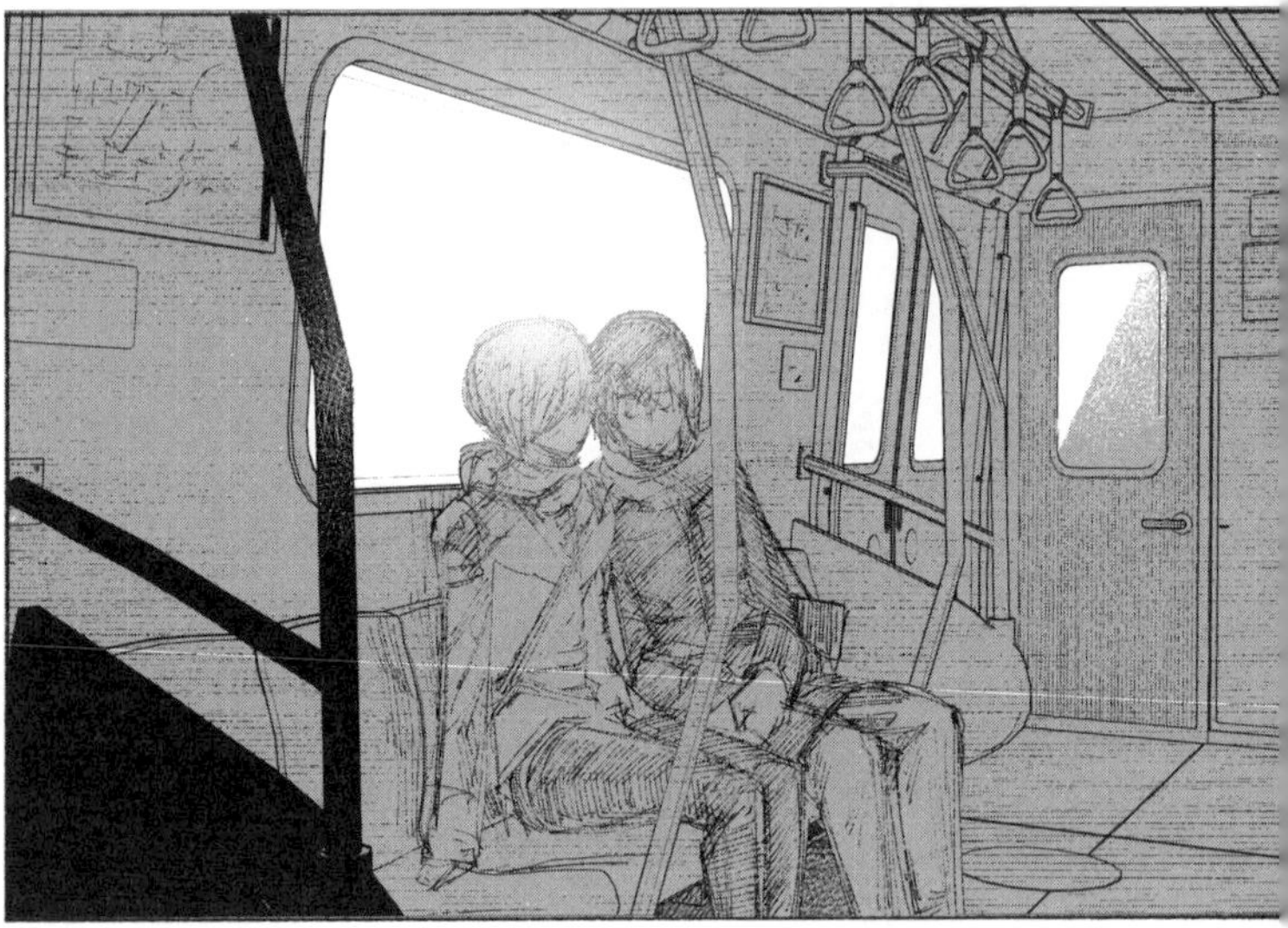

「だって今は……同じ場所に帰れるんだから」

自分たちは、成長している。

「帰ろう、希佐ちゃん。ユニヴェールへ」


帰りの電車、二人並んで赤い空を見る。

「……！」

ふいに、肩に重みがかかった。見れば目を閉じた世長がもたれかかっている。眠ってしまったのだろうか。朝早くから動き回っていたので、疲れたのだろう。

けれど、夕日のせいか彼の頬はほんのりと赤い。その熱が希佐にも伝染していく。

希佐もまた目を閉じて、そっと世長に体重をあずけた。そんな二人を、夕日は穏やかに照らしていた。

天地晦明

1

「根地《ねじ》先輩、舞台の成功祈願に行きませんか？」

ユニヴェール劇場、観客席から舞台を見つめる根地の側、同じように舞台を見つめたまま、希佐《きさ》は言った。

あと数日で自分たちが立つ舞台。アルジャンヌは希佐で、ジャックエースはクォーツの組長であり演出家であり脚本家でもある根地黒門《こくと》。

しかし、彼の才能を表する肩書きは今、波の影。息を吐くたび沈みゆく貴石。

「興味深い話だねぇ」

それでも彼は海を漕《こ》ぐ。海の底ではなく光る波を追うように。

今だって希佐を見る眼差《まなざ》しは凪のように穏やかだ。

稽古でも、そう。

彼の力になろうとする一人一人の言葉に耳を傾け、頭の中で理論立て、これだと思うものが見つかるまで向かい合い、愚直に丁寧に積み上げる。

舞台に立つクォーツの姿を思い描き続ける。

だから少し――心配になる。

才能により、感覚一つでできたことが、今は百をも超える手順の積み重ね。その負担はいかばかりか。

「ちなみにどこへ？」

「比女彦《ひめひこ》神社はどうでしょうか」

根地がふむ、と口元に手を添えた。

「立花《たちばな》くん、ちょっと失礼なことを言ってしまうかもしれないけど……」

神妙な面持《おもも》ち。彼の唇が重々しく開く。

「あそこ、御利益ないかもよ」

「失礼ですよ」

間髪入れずに返した希佐に「今の切り返し、絶妙じゃないか！」と根地は大笑い。

「それを期待した言い回しでした」

呆《あき》れた風を装ってそっけなく答えると、根地の笑みはますます深くなる。

「良いものを『良い』と思える僕の心が愛しいよ。そう思わせてくれる君が偉大だってことだね」

根地は座席をトントン、と人の肩のように叩いてから、通路に抜けた。そのまま劇場の入り口へ向かう彼の後ろに希佐も続く。

「で、いつ行くよ」

話が早い。

「そうですね……」

「朝が良いのではないかね」

訊いておきながら考える隙を与えず自ら提案。ただ、この思考が先行するやりとりが根地らしい。

「様々な文献でお見かけしたのよね。朝の清浄な空気が穢《けが》れを祓《はら》い、健やかに参拝できると。幸い、僕らの捻出できる時間は朝に集中している。というか朝くらいしか時間がない」

ユニヴェール劇場を出ると外は真っ暗。稽古終わりはいつもこうだ。これからますます遅くなる。なにせ本番目前なのだから。

「じゃあ、朝早めに起きてお参りに行きましょう」

希佐の言葉に、根地が「そうしましょったらそうしましょ」とおどけながら同意する。

「じゃ、玉阪《たまさか》座ルートね」

「『玉阪座ルート』？」

聞き慣れぬ言葉が飛び込んできた。

根地がビシリと一方を指さす。見れば夜の山に灯《とも》る明かり。ユニヴェール歌劇学校の母体、玉阪座。

彼の指が玉阪座から山肌をなぞるように上のほうへと移動する。

「玉阪座の裏手側から比女彦神社へと続く山道があるんだ。それが通称、玉阪座ルート」

根地の指がピタリと止まった。そこに比女彦神社があるのだろう。玉阪座とは違い、夜の山に呑《の》まれ真っ暗だが。

根地曰《いわ》く、比女彦神社には複数の参拝ルートがあるらしい。

希佐たちユニヴェール生にとって一番なじみ深いのは学校の裏手側から山道を登るユニヴェールルート。一方、玉阪市民や観光客が利用するのはしっかりと舗装された神社の参道で、他にも神事の際に使われる道や、神域を巡るように進む険しい道などそれぞれ表情が異なるらしい。

そんな中、根地が玉阪座ルートを選んだのは何故だろう。

ユニヴェールルートを使えば、手間も、時間も、労力も、たいして払わずに済むだろうに。

「わかりました。だったら早朝、玉阪座ルートで」

しかし、希佐にとって重要なのはどの道を使うかではない。根地と一緒に舞台の成功祈願をすることだ。

「ぃよし！　んでは明日決行ってことでよろしいね！」

明日とまでは話していなかったが。明日早朝となると、明日というよりも今から約十時間後だ。

ただ、ここでも希佐は潔かった。

「わかりました。じゃあ、寮に戻って明日に備えましょう」

この短い十時間の段取りをシミュレーションしながら歩き出す。

「立花くん！」

そんな希佐を根地が引き留めた。「はい？」と振り返った先、根地の表情は複雑で。

「君はそれでいいのかいっ？」

「それでいいのか、というと……？」

「こんな僕の我《わ》が儘《まま》プレイに付き合っちゃっても良いのかい!?」

明るくからかうような口調だったが、それが自然に発生したものではなく、懸命に維持されたものだと希佐は察する。

（もしかして……）

頭の中、ギシギシと軋《きし》む歯車の音が聞こえた。同時に、胸がねじれるように痛む。しかし希佐はそれを表に出さなかった。

「明日、ゆーっくり、お話ししましょう？」

含みを持たせた満面の笑みで彼を見る。

——不平不満はありますし、文句の一つ二つ言いたいところですが、今は時間がないでしょう？　だったらあーだーこーだ言ってないで、さっさと戻って寝て起きて、明日早朝の、成功祈願に行くんですよ。

そんなことを思わせる笑みだ。別に思っていないけれど。

「あいあいさ！」

根地は敏感に察知してビシリと敬礼。

「立花さん、戻りますわよ！」

直後、貴婦人のような優雅さで希佐を急《せ》かす。

ガコン、と歯車が噛み合い、またゆっくり動き出す感覚。それにホッとしながら希佐は暗闇の比女彦神社を眺め根地と共にクォーツ寮へと帰っていった。

2

翌日早朝。玉阪座の裏手側、山の上へと伸びる階段前に希佐と根地は立っていた。

「眠し！」

言葉のわりには元気よく根地が言う。

「この階段の上が比女彦神社……？」

「そそそ！　今はまだ全然見えないけどね」

ユニヴェールルートは山肌を縫うように登る山道と大小様々な階段が入り交じっているのだが、玉阪座ルートは階段メインになりそうだ。思っていた以上に過酷な道のりかもしれない。

「さぁ、始めようじゃないか。『キサちゃんとコクトくんの大冒険』を」

根地が宣言し、階段を上り始めた。希佐も「よし」と気合いを入れ、根地の後に続く。

まずはテンポ良く、軽快に。日頃鍛えているだけはあって、剝《む》き出しだった階段の上に大《おお》伊達山《だてやま》の冬の木々が折り重なるまでそう時間はかからなかった。

（空気、綺麗……）

大伊達山の空気は澄んでいて、息を吸うごとに体の中の愁《うれ》いごとが消えていくようだ。根地もこのイベントを楽しんでいるらしく、眼下の玉阪座を眺める目も明るい。

「あれ、お花……」

山の空気が一層みずみずしくなる中、希佐は階段の脇、落ち葉の隙間からひょこりと顔を出す黄色い花に気がついた。ほころぶ笑顔によく似た存在感。彼らはおしゃべりするような距離感であちこち点々と咲いている。

「おやおやこれは。ちょっと待ってね、イマジナリーカイを呼び出そう」

先を進んでいた根地が、花を見る希佐の視線に気がついた。

「い、イマジナリーカイ……さん？」

もしかして、いや間違いなく、カイのことだろう。

「『これは……フクジュソウだな』」

「………!」

カイの口調そっくりで根地が説明を始める。

「『フクジュソウは新年を祝う花として重宝されていたそうだ。ちょうど旧暦の正月、今の二月頃に咲く花だからな。名前も、幸福の福に、寿《ことぶき》で福寿草《ふくじゅそう》。花言葉は』……」

そこで根地が口ごもる。

「……カイ、花言葉まで知ってるかな。そういうの、興味ないかも。でも当たり前のように知ってる可能性も……」

ぶつぶつと設定を煮詰めるように、根地が言う。ただ、煮詰めても煮詰めても結晶は生まれず、さらさらと。味のない水。

「わからないな。あとでカイに聞いてみよ」

アハハ、と根地が笑った。

「……根地先輩としては、知っていて欲しいですか、知らないでいて欲しいですか?」

「え?」

「イマジナリーカイさん。花言葉」

それは——と呟いてハッとする。

「なんで僕はイマジナリーに融通の利《き》かないリアリティを求めているんだ！」

彼は大袈裟に頭を抱える。

「イマジナリーカイくんは花言葉だって知っているお花大好き人間でいいじゃないか！　カイ本人だって気にしないし、むしろ『コクトの好きにすれば良い』って言うだけでしょ！　いや『福寿草の花言葉は知らない』ってガチレスする可能性もあるけど、それがなんだって言うの！」

ああああ、と根地が呻《うめ》きうずくまり目の前に福寿草。

「自分の創造性に自信がないから、設定付けに対しても臆病になっちゃったんだね。だから過《あやま》ちを恐れ正しさに依存した」

根地が福寿草を見つめたまま「立花くん」と呼びかける。

「福寿草の花言葉、『思い出』なんだよ」

希佐は思わず振り返った。歩んできた道、寄り添うように点々と。

「思い出……」

「さながらここは思い出の小道」

そう言って、根地が立ち上がる。

「行こっか」

階段を一段一段ゆっくりと。目的地は未だ見えず、振り返れば広がる美しい景色。

「……根地先輩。どうしてこの道を選んだんですか?」

元々、気になっていた。今になってことさら強く知りたくなった。だから根地の背中に問いかける。

「この道、元々は玉阪座の役者たちが舞台の成功を祈って比女彦参りをしていた道なんだ」

タン、タン、と、階段を踏む音が妙に大きく響く。

「なにせ比女彦神社に祀《まつ》られているのは玉阪座の始祖、初代、玉阪比女彦《たまさかひめひこ》だ。しかも芸事の神様ときている。役者たちは何を思いながらこの階段を上ったんだろう。純粋な想い一つでこの階段を上れたのかな」

階段を踏む足が重くなった。

玉阪座の門をくぐった才気溢《あふ》れる役者たち。彼らの胸にあるのは舞台への愛情か、はたまた憎悪か。他者への承認、もしくは否定。自己の確立、あるいは喪失。

この階段、一段一段全てに、役者の苦悩が詰まっているのかもしれない。

「根地先輩は……」

希佐は視線を持ち上げる。

「根地先輩は、何を思いますか?」

彼は「僕?」とようやくこちらを向いて、そのまま、視線を東のほうへと動かした。

「クォーツのみんなのことかな」

彼の瞳に、ユニヴェール歌劇学校が映る。

「今僕はね、月の裏側を見ているんだ」

「え」

話の飛躍以上に「つき」という言葉に反応してしまった。根地が「ああ、ごめん」と謝罪し、改めて「空に浮かぶお月様さ」と月のない空を見る。

「僕は才能という形でみんなを見ていた。でも、それって月を眺めるのと一緒。あくまで一面でしかない。だってほら、月って常に同じ面を向けて地球を回っているでしょ？　満ちたり、欠けたり、あれだけ変化に富んでいるのに、実はただの一面。まるで役者」

希佐も思わず空を見上げた。やはり月はなく、朝日だけが輝いている。

「才能だって、あくまで一面。なのに僕はそれが全てだと思い込んでいた。その上、才能さえあれば何もかも見通せると、才能さえあれば何でも形作れると。……違うよね」

根地がもう一度ユニヴェールを見る。

「想像を放棄し、正確性を隠れ蓑《みの》に逃げ回るのは良くないけれど、だからといって妄執《もうしゅう》の中、現実を見失うのも違う。世界は僕の頭の中に住んでいるわけじゃないんだ。みんな、それぞれ生きているんだ。僕が知らない景色を、僕が知らない経験を、僕が知らない感情を誰しもが持っている。なのに、僕にだってわからないことはあると理解を示すことで、何もかもわかっているかのように気取っていた」

根地が眼鏡《めがね》を外した。朝日をキラキラ反射するレンズ。丸くて輝く、まるで月。

「でもさ、才能という眼鏡を失って、ぼやける視界の中、感じとれるようになったこともある」

根地が手を下ろし、消える月。ただ、その分、レンズは透明で。根地が静かに笑った。

「優しいよね、みんな。容易く溺れそうになる僕の手を何度も摑《つか》んで、僕の船になろうとしてくれる。過去の僕が今の自分を見たとき、同じように優しくあれるか……正直、自信がないよ」

根地が眼鏡をかけ直し、またゆっくりと階段を上り始める。

「特に、フミとカイにはお世話になってる。愛すべき同期。二人とも、人間力がすごいんだ。本当の意味で人に揉まれてきた人間特有の凄みがある」

ふいに、根地の手がひらひら泳ぐように舞った。その姿は扇のようにも見える。

「フミはさ、生まれる前から運命が決められた人。家の伝統と歴史が彼の産着。それを受け入れるか反するか、常に運命の選択が強いられる。成長したフミは反発した。でもそれは、周囲の期待に応え続けた結果だ。全てを全うしたからこそ、彼は満たされない自身に絶望した。だから彼は実家を離れた。でもさ」

扇が舞う。舞い続ける。

「フミは舞台から離れなかった」

優雅に華やかに踊るフミの姿が手舞《しゅぶ》に重なる。

「『立花継希《つき》』というパートナーを失った後もそうだ。フミは荒れに荒れていたけれど、そりゃもう怖かったけど、それでも彼はずっと舞台に立ち続けた。フミの舞台に対する想いって、ああ見えて純粋なんだ。もっと良いものを作りたい、もっと自分自身を高めたい。その思いを枯らすことなく、彼は踊り続ける。運命という壁が立ちはだかろうとも、彼はそれを乗り越える。何度でも、何度でも」

根地がフッと息をついた。

「今こうやって自分自身が高い壁に阻《はば》まれるとさ、彼が乗り越えてきたものの大きさを感じるんだ。彼の偉大さもね」

根地の手が、眼差しと共にゆっくり下りる。その先にあるのは福寿草。

「カイはご両親を早くに亡くした。親を亡くしているという点で、僕らは似ているのかもしれない。でも、僕らはほとんどその話をしなかった。避けていたんだと思う、お互いに。だから見えていなかった。カイの役との向き合い方」

向き合い方？　と希佐は問う。

「カイってどんな役でも平然とこなしちゃうでしょ？　かっこいい役、情けない役、明るい役、惨《みじ》めな役。自分とは異なる人格をいとも容易く受け入れてみせる。睦実介《むつみかい》という人間を無にできる。僕はそれを彼の才能だと思っていた。事実そうだ。でも、あれは……」

点々と咲く花が、ゆっくり階下へ伸びている。

「自分の心を殺し慣れているからだと今になって思い至った」

澄んだ空気がやたらと冷たく肺を掻く。

「フミはその辺見えていて、カイに無理難題をふっかける僕を時折諫めていたけれど……舞台のため、カイの才能のためだと。月の輝きを求めてその裏側、あちこち開いた空虚な穴から溢れ出す赤に気づかなかった。それでもカイは見事やりおおせたけどね。僕はもっとカイを褒めれば良かったよ。彼は器が大きいから言わなくてもわかってくれるような気がしてたんだ。甘えだよね。たとえわかってくれていたとしても、ちゃんと目を見て言葉にして伝えれば良かった」

根地の声は穏やかだった。感情を全て沈めてしまったかのように。まるで海をさまよう空《カラ》の船。

「……三年の皆さんは、それぞれ違って、でも、舞台に懸ける想いは一緒で。そんな三年の先輩たちがいたからこそ、クォーツは一丸となって舞台に挑めたんだと思います」

碇《いかり》を落とすように希佐は言った。根地が「ハハハ」と楽しげに笑う。

「その言葉、真正面からちょうだいしよう」

根地が手を合わせ、ぺこりと頭を下げた。いつも通りだ。ホッとした。

でもすぐに、影。

「あ、ふざけちゃった。ごめんね、嬉しくて。ほんとに。とても……」

沈黙が数秒。

「……だからこそ、白田《しろた》くんのことが心配でもあるんだ。自分で言うのも何だけど、僕たちが抜ける穴は大きい」

根地が天に向かって息を吐く。寒さに色づき儚《はかな》く白い。

「これからクラスを背負う彼のためにも、僕たちの全てを後輩たちに注《そそ》ぎ込みたかった。そのために準備してきたんだ。そのためにみんな冬公演を乗り越えたんだ」

冬公演の記憶が蘇《よみがえ》る。配役に納得がいかない白田に連れられ、根地の作業部屋に飛び込んだ。対峙する二人を見た。

「僕は白田くんに、僕ら76期生が卒業することを突きつけた。残り少ない時間でより多くのものを残すのが僕ら先輩の使命だと。先輩から後輩へ、僕たちから君たちへ、継がれていく、継いでいく。なのに注ぐべきはずの僕が、注がれている。クォーツの血脈を阻害している」

そんなことはない、と声を上げそうになった。

クォーツには根地と想い同じくクラスを導く76期生がいて、クォーツの意志を引き継ぎ駆ける白田たち77期生がいて、クォーツのために心燃ゆる自分たち78期生がいる。何もかも根地が背負うことではないのだ。

それに、根地自身が自分の状況を打ち明けたことでクォーツ生たちは考えることができた。暗闇を照らす灯台のような存在だった根地のため、自分たちにできることを。

今、クォーツ生たちは自身の原石を磨き、根地の足元を照らそうとしている。それは、餌を与えられていた雛鳥が自らの翼で飛ぶことに似ていて、それこそ卒業する根地たち三年生が願ったことではないだろうか。思い描いていた形とは違っても、目的は達成されようとしている。

――ただ。

（……違う）

根地だって、そんなことはわかっているはずだ。

それを喜んでいるはずだ。

ただ。

自身の状況を不甲斐《ふがい》ないと嘆いて、息が詰まることだってあるだろう。

（これは懺悔《ざんげ》だ）

才能という眼鏡をなくしぼやけた視界の中、感じられるようになったものがあると彼は言った。

その中にきっと『傷』がある。

父の死と向き合い痛みを知った彼は『傷』という言語を手に入れ、誰しもが癒《い》えることのない傷を持ち、痛み、苦しんでいることが感じとれるようになった。それが月の裏側。

「僕は案外組長という仕事を楽しくやれていた。でもそれって、フミやカイの存在が大きいんだよね。君が言った通り異なる僕らは適材適所、自分が得意な分野に上手《うま》く専念できていた。でも白田くんは最上級生として自分一人の力で全うしなければいけないことが多すぎる。それに、常に、田中右宙為《たなかみぎちゅうい》の存在がつきまとう。負担は大きいよ。だから、この最終公演で僕たちの全てを白田くんに渡したかった。もういりませんって彼が嫌がるぐらいたくさん、たらふく。もっと先輩ぶりたかったよ」

根地が自身を責めるたびに、希佐の胸も痛む。

しかし、希佐は唇を強く引き結んだ。

多分、必要なのは慰めではなく、根地自身が感情を吐露し、思考の檻《おり》に囚《とら》われないようにすること。

「『才能が全て消え失せた』と伝えた後、織巻《おりまき》くんが僕に『不安ッスよね』と言ったんだ。僕はそれを、ままならない僕に対する『不安』だと勘違いした。実際は言葉そのまま、僕の不安を感じとり、気遣ってくれていたんだ。驚くほど自然に。それって、経験があるからだよね。織巻くんは多分……自分の才能を失ったことがある」

日が昇り、空の青が濃くなっていく。

「考えればすぐにわかることだ。剣道。足の怪我。織巻くんって本当は誰よりも『敗北』

を知っているのかもしれない。それに付随する、苦しいも、哀しいも、叶わない努力も、尽きぬ後悔も、諦めた夢も、全部。でも、彼は笑っているから、僕たちは何度でも勘違いする。彼は挫折を知らない強く恵まれた人間だと。織巻くんはそんな勘違いすら全て受け入れているようにも見える。本人に訊いたら『よくわかんないっす』って言うかもしれないけどさ」

日の光が降りそそぐ。なにものにも平等に。その光は果たして何色か。

「世長《よなが》くんのことを考える時、必ず思い出すことがある。夏公演、君の転科を賭けた戦い。世長くんは君のことを景品じゃない、ヒトだ、モノみたいに扱わないで欲しいと言った。今思えば、当時の世長くんが先輩に意見するってよっぽどだよね。しかも相手が何言い出すかわからない僕。一生に一度、あるかないかくらいの覚悟が必要だったんじゃないかな」

根地の視線が大伊達山へと向く。今の時期、山の緑は濃く、深く、春を待つように息を潜めている。

「舞台に立つ以上、才能でモノのように計られることは彼もわかっていたはず。むしろ残酷なくらい鮮明に視《み》えていたはずだ。それでも食い下がり声を荒らげたのは、立花くんの心を慮《おもんぱか》ってのこと。僕はあの言葉の重みをもっと知るべきだった。もっと深く胸に刻んでおくべきだった」

さわさわと木々が揺れる。どれだけ葉を落とそうが、山から緑が消えることはない。

「みんなに感謝している」

そっと彼が呟いた。

「自分が思っている以上に、僕はみんなに助けられていた。それに、僕のことを信じてくれていた。何を言っても、何をやらかしても、それが舞台のためになると、強く。僕の才能を視る目を信じてくれていた。……だからこそ」

根地がユニヴェールを見る。

「期待に、応えたいよ。……今でも」

声にはぬくもりがあって、同時に切なかった。

ユニヴェールを見つめる彼の横顔があまりにも儚くて、消えてしまいそうだったから。

しかしきっとこれが今の彼。ありのままの、そのままの。

「……なんだか僕ばっか話しちゃったね！」

突然、彼が明るく言い放つ。

「湿っぽくなっちゃった、やめやめ！　君の話を聞かせてよ、なんでもいいから！　……って言うと語弊がありそうだけど……、なんでも知りたいんだ、なんてったって君のことだからね！」

根地が大きく両手を広げる。全て幻に変え、本物を捨てるように。

「さぁ来い、ドンと来い！」

根地がふざけて笑っている。

「……根地先輩」

そう言って、希佐は硬くなった足を持ち上げ、階段を踏んだ。一段、一段ゆっくり上がる。

「……立花くん？」

彼を追い越し、まだ上り、数段上。ようやく振り返って根地を見た。

根地もまた、希佐を仰ぐ。

「私、毎日楽しいです」

冴えた空気の中、え、と根地の擦《かす》れた声が響いた。

「毎日、毎日楽しいです。根地先輩とお芝居ができて、ダンスができて、歌えて。ユニヴェールの歌劇ができて、私、すごく楽しい」

希佐はそのまま階段を上る。リズムよく、上機嫌。

「楽しいです」

軽やかに歌うように。

「立花くん……」

根地が階段を上り出す。

「それに、『央國《おうこく》のシシア』、どんどん良くなっています。私たちの、クォーツの血が流れてる。舞台の鼓動が聞こえてくる」

ままならないことは多くある。だがそれは、どの舞台でもそうだった。そして乗り越えてきた。その全てをぶつけるのがこの最終公演。

希佐は振り返る。長い階段に寄り添う福寿草。失い、思い出に溶けたものはいくらでもある。だが、歩んできた道が消えることはない。

「立花くん、僕は」

階下から自分たちを押し上げるように風が吹いた。

「僕の口から放つ言葉が、ちゃんと僕という人間の体《てい》をなしているのか、不安になる」

根地の髪が風に乱れる。

「僕は僕でいられているのかと」

希佐は目を閉じる。

そうなのだろうと思っていた。

止まる会話、訂正される発言、惑う瞳。

過去に向き合い前を向いて歩んでいても、背中が痛むことはある。

(……やっと聞けた)

希佐は彼の方へと手を伸ばす。

「……立花くん？」

風に波打つ彼の髪を一房とった。

（やっと言える）

眼鏡の奥、揺れる彼の目を捉える。離さない。

「あなたは根地黒門」

彼の目が大きく開いた。

「私が好きな人」

階下から駆け上がった風が木の葉に変わり舞い落ちる。光を浴びて反射するたくさんの月。その中、希佐は悪戯《いたずら》っぽく笑って、彼の髪を梳《す》くように放し、階段を駆け上がった。

「えっ、ちょ、ちょっとぉ!?」

置いて行かれて狼狽《うろた》える彼に希佐は足を止めることなく「早くお参りしないと授業始まっちゃいますよ」と呼びかける。

「えっ、もうそんな時間？　まぁ、サボってもよろしでは」

「私は嫌です」

「ならば急ぐしかないね！」

そう言って、根地が階段を上る。距離は縮まり隣同士。希佐が笑うと彼の目に淡い海。

それを美しいと思った。

「……君から見て、僕は僕か」

希佐は「当たり前でしょう」と答える。

「選ぶ言葉も、驚くような発想も、いつの間にか目で追ってしまう立ち居振る舞いも、舞台への想いも、根地先輩は自分が思っている以上に根地先輩ですよ」

――苦しませてごめんなさい。

全ては希佐に起因《きいん》する。いくらでも傷は痛む。

でも彼のことが好きだから、尊敬しているから、希佐は土を踏む。

「そっか」

根地が大きく息を吸った。彼の胸が膨らみ、惑いを全て洗い流すように吐き出されていく。

朝の空気は、綺麗だ。

「君がそう言うなら、そうなんだろう」

彼はユニヴェールを見つめた。

「ぼやける視界の中、揺れるのは不安が生み出す過去の虚構だ。そんなものを長々と見ている場合じゃない。そんな時間が勿体《もったい》ない。僕はただ、みんなが見ているものを追えば良いんだ。だって僕は、みんなのことを信頼しているんだから」

彼の目は優しくて、才能の喪失の先、彼が見たかったものが確かにここにあることを教えてくれる。

「ありがとう」

その日が希佐を見た。

「君のおかげで僕は根地黒門でいられるよ」

いつの間にか階段は終わり、大鳥居。くぐればそこには比女彦神社。

二人、本殿で手を合わせる。

ここに来たのは初詣以来。あの時、彼が何を考えているのかわからなかった。根地もそうだろう。

しかし、今は違う。

「……舞台が成功しますように」

思い一つに、二人は未来を思い描く。

琳琅珠玉ノ命ヲ受ケ

きっと、まだ知らないことがたくさんある。

「俺と勝負しないか、赤髪ッ！」

昂然《こうぜん》と胸を張り、そう提案してきたのはオニキスの組長兼ジャックエース、海堂岳信《かいどうだけしん》だった。比類なきカリスマ性を持つ彼の言葉に『勝利』をクラステーマに掲げるオニキス生たちが一斉に沸き立つ。

その熱量に圧倒されながらも、希佐《きさ》は隣に並ぶパートナー『赤髪』と呼ばれた織巻寿々《おりまきすず》を見た。

彼はただ真っ直ぐ、海堂のことを見つめている。

新人公演『不眠王《ねむらずおう》』で主役を演じ、最終公演で再び同じ場所に戻ってきた自分たち。誰もが運命的な巡り合わせを感じる中、しかし二人の足並みは乱れ始めていた。

なにせスズは自分の役であるチャンスを摑《つか》み、飛ぶ鳥を落とす勢いで。一方希佐はそんなスズの熱量を上手《うま》く受けとめられず、後《おく》れをとっている。

まるで底の浅い器。

（……あ）

ただ、思考が深くなるよりも早く、スズの視線が希佐を引き上げた。スズが希佐の意見を求めるようにこちらを見たのだ。

(スズくんはいつも隣にいてくれる)

だから希佐はスズに判断を任せるように一つ頷《うなず》く。そもそも今日は土曜日で、海堂に稽古を付けてもらうというスズについてきたのだから。稽古は海堂からの誘いだったらしい。

スズは少し躊躇していた。

『加斎《かさい》、今、オレのこと見たくないかも』

希佐たちと同じように最終公演で主役に選ばれた同期、加斎中《あたる》。78期生のトップジャック。そんな彼がこの最終公演で達成しなければいけない課題は、ユニヴェールのトップパートナー、海堂・菅知《すがち》を超えること。それがどれだけ困難なことなのか他クラスの自分たちにだってわかる。

加斎は言った。

——いいね、織巻は。同期にパートナーがいるんだから。

あれは、いつもの加斎なら決して見せない小さな弱音と八つ当たり。

ただ、それを踏まえた上でスズは言う。

『海堂先輩、全部わかってて稽古に誘ってると思う。だから行くのが筋だと思う』

そもそも、クォーツ生であるスズがオニキスのジャックエースに稽古をつけてもらえる機会なんてそうそうない。それでも迷うのが彼の優しさなのだろうけれど『加斎ならなんとかするだろ』と相手を信頼した上で決断できるのが彼の強さでもあるのだろう。

『立花《たちばな》も一緒来る？』

そう訊かれて、頷いた。オニキスに行けば、ジャックの生かし方を学べるかもしれない。それにスズの隣で、スズと同じものを見たいという気持ちがあった。

『オッケ。一緒に行こ』

スズの笑顔は晴れやかだ。しかし何故だろう。最近、スズの笑顔を見ると、自分が胸を押さえていることがある。

そうして二人揃ってオニキスの稽古場を訪ねたのだが、海堂の指導はクォーツにない視点に溢《あふ》れていて、どれをとっても新鮮だった。それはオニキス生にとっても同じだったようで、彼らは異なる流儀を持つ希佐たちへの指導を訊くことで新しい発見を手に入れようと熱心に耳を傾けている。

その中には当たり前のように加斎がいて、少し離れた場所にダンテ軍平《ぐんぺい》と長山《ながやま》登一《といち》、更に離れた場所にオニキスのアルジャンヌ、菅知聖治《きよはる》がいる。

稽古はあっという間に終わり、希佐とスズは海堂に「ありがとうございました！」と頭を下げ、海堂から教わったことを改めて体の芯《しん》まで叩き込むため、クォーツの稽古場に戻ろうとした。そこで海堂が言ったのだ。「俺と勝負しないか」と。

海堂と勝負だなんて、想像しただけで逃げたくなる生徒もいるだろう。

しかし、スズは違った。

彼は希佐の確認をとった後、大きく前に出て言ったのだ。

「します！」

海堂の口角《こうかく》が上がる。それでこそ、と言うように。

「でも、何やるんスか？　ダンスですか？」

なにせオニキスは舞踏《ぶとう》に秀でたクラス。今日の指導もダンスや体の使い方に関するものが多かった。

しかしそれを海堂が「いいや！」と否定する。

「剣道だ！」

一瞬、時が止まったような気がした。

え、と希佐の唇から乾いた声。思わずスズを見る。彼は前に踏み出していたせいで、顔が見えない。

（剣、道……）

彼が幼少期から打ち込み、怪我をし、去った道。

影響は今も大きく、秋公演で足の怪我を再発させてしまったスズは、ジャン・ホセという役を失った。

希佐もまた、彼の不調に気づきながら止められなかった自分を激しく責めた。

動揺はオニキスにも波紋のように広がっていく。それはオニキス生がスズの事情を知っているということ。当然、言い出した海堂もそうだろう。

「俺は海堂家の嫡男として一通りのことは学んできた！　その中に、剣道もある！」

しかし海堂は意に介さず、むしろ挑発するような目でスズを見る。

「織巻、お前は中学時代まで剣道をやっていたんだろう？　どうだ、この勝負——受けるか？」

スズの背中はピクリとも動かなかった。

——止《や》めた方が良いんじゃ。

そんな思いが頭をよぎる。しかし、ぶわりと、彼の背から突然感じた威圧感。

「海堂先輩」

冴《さ》え冴《ざ》えと、刺すように。

「……オレ、けっこー強いですよ？」

研《と》ぎ澄《す》まされた男の声。それがスズのものだと気づくのに数秒かかった。気づくと同時に肌が粟立《あわだ》った。彼の赤髪がより鮮烈に希佐の目を灼《や》く。

「望むところだっ！」

海堂はそれに真正面から答えた。オニキスを支配していたプレッシャーが一瞬で消え去る。——そう、プレッシャーだ。

「対戦場所は玉阪《たまさか》武道館がいいだろう！　学校からは少し離れているが、設備が整っていて融通も利《き》く！　興味がある生徒はついてくるといい。では、行くぞ！」

そう言って、海堂は歩き出した。オニキス生のほとんどがその後に続く。

「スズ、くん……」

そんな中、希佐は動かぬスズの背中に呼びかけた。声に緊張が入り交じる。

「……なんかスゲーことになったな」

そう言って振り返ったスズは、いつも通りのスズだった。

「えっ、あ……」

「大丈夫だから、足」

「剣道一試合したくらいで壊れたりしねーから。そこまでヤバかったらそもそもダンス踊れないし」

希佐を安心させるように明るく笑う。

「立花はどうする？」

「え」

「来る？」

行って良いのだろうか。そう思わせるのは、先程の背中。感情の見えない大きな背中。

「あ、立花だってやることあるだろうし無理しなくていいぞ！　結果はちゃんと教えるから！」

スズは押しつけるわけでも突き放すわけでもなく言う。それがかえって希佐から『行く』という言葉を遠ざけた。

「だったら……」

邪魔にならないように——

「行ったがええぞ」

制するように菅知が言った。驚いて振り返った先、菅知が開いたままの出口を見つめている。

「見たほうがええ。パートナーやろ」

淡々と静かに。しかしその奥にぶれない強さがあった。

「スズくん、私……行きたい」

「でも」

「私……見たい！」

これは自分の意志。菅知に射貫かれた本音だ。

スズが「そっか」と表情を和らげる。ホッとした。スズは希佐が来ることを嫌がってはいない。あの背中を勝手に拒絶だと思い込んでしまった自分を恥じた。

「菅知先輩はどうするんスか?」

「俺は行かん。今のうちに稽古しとくわ。……パートナーやからな」

それは、海堂のことだろうか、それとも加斎のことだろうか。

わかるのは菅知には菅知の考えがあって、自分たちが踏み込んでいい領域ではないということ。

「ダンテ、長山も残れ。今のうちに稽古つけたる」

そうなることを予想していたのか稽古場に残っていたダンテが「ハーイ」と返事し、長山も「よろしくお願いします!」と答えた。

希佐たちはそんな彼らに「お疲れ様でした」と頭を下げて稽古場を出る。

「しっかし剣道かぁ……久しぶりだな」

その呟きは、小さいのに妙に重かった。


ユニヴェールから公共交通機関を使い、ようやく辿り着いた玉阪武道館は、見上げるほど大きく、重厚な空気で満たされていた。

「おぉー……」

スズの口から漏れ出た声。そこに普段の明朗さはなく、どこか複雑だ。

「織巻、必要なものは揃えている、準備に入ろう!」

「はい！　えっと、立花は……」

「心配しなくても俺が面倒見るって」

そこで加斎が歩みよってくる。

「……変なことすんなよ」

「それはどうだろ」

スズの訝《いぶか》しげな視線に、加斎の満面の笑み。「おい！」「てかなんだよ変なことって」と軽く小競《こぜ》り合《あ》いをした後、スズが「じゃ、行ってくるわ」と海堂に並んで武道館へと消えていった。

「それにしても、剣道かぁ」

そんな二人を見送って、加斎が言う。

「どっちが勝つんだろ」

少し、驚いた。加斎なら海堂の勝利を信じていそうだったから。

それが顔に出たのだろう。

「いや、だって織巻、剣道で全国行ってるでしょ」

「えっ」

それには声が出る。今度は加斎が「あれ、知らない？」と驚いていた。

「初めて、聞いたよ」

加斎は「あー……」と何かを探すように視線をさまよわせて。

「織巻って、そういうとこあるよね」

そういうとこ、が何を示しているのかも希佐にはわからなかった。

「俺が色々訊いたから教えてくれただけだと思うよ。じゃ、行こっか」

加斎が先導するように歩き出す。その後ろに続きながら、希佐の頭はぐるぐると。

(私、スズくんに剣道の話、訊いたこと、ない、かも……)

ドクドクと、心臓が波打つのは自分が何か大切なことを見落としているのではないかという不安だろうか。


到着した剣道場の空気は刺すように冷たい。それが何かに似ていて——スズのあの背中だと気がつく。

戦いの場特有の緊張感に言葉が消え、気づけばみんな黙り込んでいた。

「待たせた！」

空気を一瞬で熱くさせる海堂の声。見れば手に竹刀《しない》と面。その身に剣道着と防具。頭には手ぬぐいが巻かれた海堂が立っていた。まさに勇壮。彼は一通り学んだものの中に剣道を含めていたが、相応の鍛錬を積んできただろうことが容易に想像がつく。

オニキス生が「海堂先輩かっこいいな！」と話す中、海堂が笑みを深くし背後を見たのと、希佐が扉の先を見つめたのはほぼ同時だった。

剣道場に、一つの影。

さわさわと、剣道場に吹くはずのない風が吹く。それがざわざわ、ごうごうと。気がつけば全員、それを見ていた。目をそらせなかった。

ピタリと、風が止まる。

「…………」

剣道場の空気に溶け込むように、スズが姿を見せた。

「……やば」

加斎の小さな声が、やたらと大きく響く。

(強いんだ)

反射的に思った。剣道は詳しくない。しかし確信する。

(スズくん、本当に、強いんだ)

思えば秋公演、苦戦する『かりうど』に活路を見出してくれたのがスズの殺陣《たて》、スズの剣だった。

希佐の鼓動が早くなる。

(スズくんにとって、剣道って……)

彼の目は恐ろしく澄んでいる。

「織巻、わかりやすく一本勝負でどうだ！」

提案にスズは「はい」と応える。彼らは示し合わせたかのように面を同時に着装した。

「はーあ、やっぱりそうか」

急に加斎がぼやく。見れば彼は顔をしかめて「海堂先輩、とことん俺をしごく気だ」

「え、どういうこと……？」

「俺に『織巻寿々』を見せつけるつもりだよ」

加斎は腕を組み、視線を床に落とす。

「78期生のジャックで一番成績が良いのは俺だけどさ、78期生のジャックが一番意識してるのは、織巻なんだよね」

加斎は「織巻を意識したことがないジャックなんていないんじゃない？」と付け加える。

思い出したのは夏公演。初めてのジャックで苦悩する希佐にとって、スズの存在はひときわ輝いて見えた。スズと自分を比べて悩んでしまったこともある。

「織巻ってなんて言うか……真ん中なんだよ。ユニヴェールジャックのど真ん中。何をするにも織巻が基準にいて、織巻で自分の価値を計ってる」

そこで、加斎の視線が持ち上がった。彼は何を思ったのか、希佐を見てにこりと笑う。

「俺さ、ユニヴェールで一番意識してるのは立花なんだよ。だから立花がいると、どうしても立花の話がしたくなる」

でもさ、と話を句切った加斎の目に火が宿る。

「ジャックとして織巻のことを一番ライバル視してるのは、俺だ」

断言した後「あまり言いたくないんだけどね」と彼は苦笑して。

「だって俺、織巻の表現、好きだから」

その言葉には、スズへの信頼も込められている。

「織巻って歌にも、芝居にも、ダンスにも、織巻の血が通ってる感じがするんだ。これ、結構難しいんだよね。得意分野にしか自分を表現できない生徒も多いから。もちろん、一つの分野が長けているのも武器になるけど、ジャックエースは何でもできなきゃ務まらないし。その点、織巻は全部しっかりこなしてる。だから『ユニヴェールの歌劇を見てる』って充実感がある」

加斎の言葉は今この瞬間思いついたものではない。彼の中で十二分に練られたもの。

「でも、一番怖いのが……織巻は『これからの生徒』ってこと」

加斎の表情が険《けわ》しくなる。

「多分これから、それが見られる」

準備を終えたスズが呼吸を整えるようにじっと佇《たたず》んでいる。

「では始めるか！」

海堂の声が剣道場に響き渡った。その途端、海堂の存在感が一気に膨れ上がる。

（のまれそう……！）

既に戦いは始まっているのだ。

オニキス生たちの期待が海堂の元へと向く中、スズは足に根が生えたように動かない。

声をかけられる雰囲気ではなかった。かけていいものではないと悟らされた。

しかし、希佐の想いは全てスズへと向いている。

（スズくん、頑張って……!!）

祈るように手を組んで、心の中で叫んだ。

（スズくん、勝って!!　……ううん）

手に込めた力が強くなった。

（スズくんなら、勝てる!!）

その瞬間、ひらりと。

こちらに背を向けたスズの手が舞った。

何気ない仕草の一つだったのだろうか。いや、これだけ研《と》ぎ澄《す》まされた彼からそんな無駄なものが生まれるはずがない。

——勝つから。

スズの声が聞こえたような気がした。

オニキス生の一人が審判役として前に出る。

向かい合うスズと海堂。彼らは竹刀を左手に礼をして、前に三歩進んだ。そのまま帯刀《たいとう》していた竹刀を刀のように引き抜いて、スッと腰を落とす。動きは一つ一つゆっくりなのに全てが鋭利。握りしめた手の中、汗が滲《にじ》んだ。

(スズくん、頑張れ!!)

希佐が心の中で叫ぶのとほぼ同時。

「始めッ!」

始まりの号令。

「ヤアアアァアァアアアアアッッッッッッ!!」

最初にぶつかったのは彼らの気勢だった。全身から発せられているかのような気合いに試合を見守っていた生徒たちは威圧され、びくりと体を震わせる。

(スズくんの、声)

ビリビリと衝撃が走る中、希佐はぐっと歯を噛みしめ、ただただスズを追った。

全ては一瞬だ。

「面ッッッ!!」

海堂が大きく前に踏み出した。振り上げられた竹刀、そのまま真っ直ぐ一直線。海堂の剣先がスズの頭に振り下ろされる。

ぶわり、と、スズの体が一瞬、大きくなったように見えた。

「……………！」

パァン、と苛烈《かれつ》な破裂音。スズの竹刀が海堂の竹刀を弾《はじ》いた。

海堂の剣先がわずかに浮き上がる。

「ヤアアアアアアッッ!!」

焔光《えんこう》、流れるように横一閃《いっせん》。

希佐は総毛《そうけ》立つ。

「胴ォオッッッッ!!」

スズの竹刀が海堂の胴を打ち抜いた。

「い……一本っ！」

審判の宣言に、わっ、とどよめきが上がる。しかし、そんな声など全く聞こえていないかのようにスズと海堂は再び中央に戻って、礼をするのだ。

「……やっぱりなぁ」

加斎が苦々《にがにが》しく呟く。

「織巻、ああなっていくのか」

自身の強さを自覚して、それでいて驕《おご》ることなく。今は己の未熟さを嘆くスズがいつか到達する場所なのだろうか。

「海堂先輩の一撃、重ぉ……!!」

そこで、面を外したスズの声が響いた。ほんの少し前までの激戦が嘘のような気の抜けた声。

「面を誘って返し胴か！　やるな！」

一方海堂はすこぶる晴れやかな表情だ。

「海堂先輩、身長あるから胴、狙いやすそうだなって」

「お前も背が高いのにか！」

「えっ。あ、あー……そうッスよね！」

スズが自分の身長を確認するように頭をポンポンと叩く。そんなスズを海堂はじっと見てから右手を差し出した。意図に気づいたスズがその手を握り返す。

「ありがとうございました、海堂先ぱ――」

「……織巻」

海堂が唐突に問うた。

「クォーツは好きか？」

その問いに息を呑《の》んだのはオニキス生だった。加斎がそっと目を伏せる。

「……織巻、欲しかったんだろうな」

もしかしたら、オニキスの誰もが思ったことなのかもしれない。スズがオニキスにいれば、と。

スズはじっと海堂を見つめ返す。

「……オレ」

この重苦しい空気を全て跳ね飛ばすようにスズは言った。

「ユニヴェールが好きです！」

まるで青空。雲一つなく、どこまでも澄み渡っている。

「……そうか」

海堂が表情を和らげた。

「織巻、お前は舞台未経験だからクォーツに入ったわけじゃないぞ」

「え……」

「望まれて、クォーツに入ったんだ。お前は選ばれた人間だ」

海堂の手に力がこもる。

「だからオニキスの壁になれ。それがきっと、オニキスを強くする」

海堂の手が静かに離れていく。スズはじっと自分の手を見つめた。スズの手に、スズの心に熱く宿るものがきっとある。

スズは海堂に向かって深く頭を下げた。

そして、希佐を見る。そこがスズの在《あ》るべき場所なのだから。

「立花？」

しかし、スズは大きく目を見開いた。

（どうしよう）

必死で押しとどめようとしていたのに。

希佐の目に、今にも零《こぼ》れ落ちそうな大粒の涙がいくつもたまっていた。

「おわーっ!!」

スズが叫び声を上げ、慌《あわ》てて希佐を背中に隠す。

「そんじゃオレたち、帰ります！　今日はありがとうございました！　行こうぜ、立花！」

促すようにスズの手が希佐の背を叩いた。

希佐も慌てて頭を下げて、「ああ、着替え着替え！」と騒ぐスズの後ろについていく。

これは夢だ。

スズの夢。

剣道という夢。

きっと彼は小さい頃からずっと、強くなるために努力してきたのだろう。

毎日が剣道のことでいっぱいで、剣道のことばかり考えて生きていたのだろう。

そこに彼の人生が在って、彼はそれを――失ったのだ。

「……立花、大丈夫か？」

廊下に出て、人気《ひとけ》のない場所を見つけたところでスズが訊いてくる。こういう時のスズの声は驚くほど優しくて、それが尚更《なおさら》希佐の涙腺を刺激した。

「うぁ、あーあー……！　オレもしかしていないほうがいい……!?」

希佐の変化を敏感に察知して、スズが希佐から離れようとする。

「……！　立花……」

そんなスズの剣道着の袖《そで》を、希佐は摑んでいた。

「い、行かないで、欲しい……っ」

スズが大きく目を見開く。

「行かない、で……」

彼は何かを堪《こら》えるようにギュッと口を引き結んだあと「うん」と頷いた。

「わかった。いる。ちゃんといる」

そして、ほんの少し右手をさまよわせた後、そっと希佐の背を撫でた。

壊れ物にでも触れるかのように、優しく、優しく。

それが、もどかしくて。

（なんでだろう）

考えてしまう。

シシアなら、チャンスに抱きしめてもらえるのだろうかと。

シシアなら、チャンスに抱きしめて欲しいと言えるのだろうかと。


ようやく希佐が落ち着いたところで、手早く着替えを済ませたスズと共に武道館を出た。人気のない道を進みながら、希佐は思う。

(私、スズくんのこと、全然知らなかったんだ)

彼のことが知りたい。

しかしそれは、エゴだろうか。彼を傷つけてしまうこともあるのだろうか。

「なぁ……立花」

そこにスズの気遣う声。

「あのさ、もし、何か話したいことがあるなら、なんでも言って欲しい」

「え……」

スズの声は温かくも真剣で。

「オレは、なんでも訊きたいからさ、立花の話。だから立花も、オレに訊きたいことがあれば遠慮せずに言って欲しい。それに、オレ、何言われても平気だからさ。だから、その……そうだ」

スズが立ち止まって希佐を見る。

「オレのこと、信じて欲しい」

また涙腺《るいせん》が緩《ゆる》みそうになった。だからぐっと堪えて、うん、うんと頷く。

「スズくん、私……スズくんのことが、知りたい」

「えっ、オレのこと？」

意外だったのか、彼が訊き返してくる。希佐は頷いて「子どもの頃、何して遊んでたのか、とか、何が好きだったのか、とか……」

それを訊いて、何か繋《つな》がったようにスズの目が静かに細められる。

「剣道かなぁ……」

スズが再び歩き出した。その隣に希佐も並ぶ。

「近所に剣道道場があったんだ。そこで年がら年中稽古してた」

昔を懐かしむように語るスズの横顔を見たのは初めてかもしれない。

「オレ、子どもの頃ちっさくてさ。でも、小さいヤツには小さいヤツなりの戦い方があるんだ。小回りが利くとか、近い間合いから技を打ちやすいとか、色々。ちゃんと稽古して、落ち着いて試合に挑めば、体格差関係なく勝つことができた。頑張った分だけ上達した」

スズがゆったり笑う。

「いつの間にか全国にも行けるようになって、でも、勝ち上がるのは難しかったんだよなぁ。ちゃんと準備はできているはずなのに何かが足りない、そんな感じ。そしたらさ、来たんだよ。……成長期が」

スズが右手をゆっくり前に伸ばす。鍛えられたしなやかで長い手は、多くのユニヴェール生の憧れだろう。

ただ、その手を見るスズの目に陰りがある。

「どんどんデカくなって、筋力もついてきて、その勢いで今まで勝てたことがなかった相手にも勝てるようになったんだ。このまま行けば、優勝も夢じゃないかもしれない。そんなこと、考えたりもしてさ。でも……」

スズの右手が落ちる。

「怪我した」

スズから表情が消えた。

「……体が変な感じしてるのは、わかってたんだ。ちっさい時みたいな動きができなくて、でも、クセで無理矢理動かしちゃって。足に負担かけてたんだと思う。自分の体を、乗りこなせてなかった」

スズが笑った。哀しそうに。

「病院で治るのに半年、もしかしたら数年かかるかもしれない、治ったとしても前みたいに剣道ができなくなるかもしれない、なんか、そういうこと、たくさん言われたよ。足はあんま痛くなくて、頭の中がずっとじんじんしてた。今なら別に、そこからまた頑張れば良いじゃん、って思えるけどさ。なんか、ダメだったんだ」

スズが空を見上げる。

「だから、思ったんだ。……『あーあ、体なんて大きくならなきゃよかったのにさ』って」

ドクンと心臓が鳴った。見上げた彼は希佐より大きく、逞《たくま》しく。ジャックの体。ジャックエースの体。

「ま、そのあと立花継《つぎ》希の舞台見て、ユニヴェールに入るためにリハビリめちゃくちゃ頑張ったんだけどさ！　なんとか受験に間に合って……内容はひどかったけど、最下位だったけど、でも、みんなすげーから、ここから新しく頑張ってくぞー、って思ってたら……主役！」

不眠王。自分たちの初舞台。

「なんで!?　だったけど嬉しかったし、やるからには絶対いいものにしてやる！　って思ってたし。とにかく全力。そしたら夏も役もらえてさ。もっともっと頑張るぞー！　……だったんだけど」

そこでスズが言い淀む。

「その辺りからかな。『才能』って言葉がよく耳につくようになったの」

ユニヴェールにいる限り、つきまとうもの。

「色んな人から才能で語られることが多くなった。目立つとか、恵まれてるとか、ずるいとか。それがたまに、刺さっちゃうことがあって」

スズが左足の踵《かかと》で土を打つ。

「……オレは、この体のせいで剣道ができなくなったのに」

スズが、弱々しく呟く。

「オレは、夢を諦めた人間なのに」

激しく胸が締めつけられた。沸き立つ感情、しかし言葉は何も出ず。かつてユニヴェールを諦めようとしていた希佐の姿が、剣を握るスズの背中に重なる。しかし同じではない。今、希佐は夢の中にいるのだから。

（スズくんはいつも私の夢を応援してくれた。それって……）

夢を失う苦しみを、そして夢を追える喜びを、誰よりも知っていたからではないだろうか。

しかし同時に思い出す。

（私……！）

他の誰かと同じように、希佐も夏公演でスズのジャックらしい体を羨んでいた。

「スズくんゴメン……！　私も夏公演で……」

謝らずにはいられない。しかし「そうそう」と頷くスズの声は、今までとはうって変わって軽やかだった。

「それで思ったんだよ。オレ、結構悪くないのかも、って」

「え……」

「何でもできる立花がさ、オレのこと意識してくれて、素直にすごいと思ってくれてるの、嬉しかったんだ。だから今のオレ、結構良いのかもって」

スズが真っ直ぐ手を伸ばす。

「この手じゃないと摑めなかったものがたくさんあった。それでいいじゃん、ってさ。自分のこと、少しずつ受け入れて……好きになれたんだ」

かつて竹刀を握っていた手が今、強く。

「今もたまーに落ち込むことあるけど、そんな時は立花がいつも側にいてくれるし」

「え……」

「ほら、オレが寮の屋上にいる時。いつも立花、来てくれるじゃん」

言われて思い出す。青空の中に映える緋色《ひいろ》。屋上で笑う彼。

「スズくん、いつも笑ってた」

「いや、そりゃさ」

スズが照れくさそうに笑う。

「立花が来てくれたら、もうそれだけで元気出んの！」

胸が締めつけられた。先程の痛みとは違う。温かくて、優しくて、嬉しくて、どうしようもなく切ない。

「ありがとう、スズくん」

「え……」

気づけば彼の手を摑んでいた。

「すごく辛《つら》いこと、たくさんあったのに頑張ってくれて、ユニヴェールに来てくれて、本当に、本当にありがとう。私……スズくんが頑張ってるから、頑張れること多くて。スズくんが頑張ってる姿に励まされてて。だから――」

背の高い彼を見る。

ぽたりと。

いつも晴れやかなスズの目から、ぽたりぽたりと雨が降る。

「スズく……」

「……そっかぁ」

それを拭《ぬぐ》いもせず、希佐を見て。

「オレ……」

スズが静かに、静かに。

「誰かに『頑張ってる』って言って欲しかったんだなぁ……」

努力よりも才能が取りざたされるこの場所で、評価されているからこそ消えてしまった言葉がある。

「スズくんは、頑張ってるよっ！」

「……うん」

「スズくんが頑張ってるの、私、知ってるよ！」

「うん……」

言っているうちに、なんだかこちらまで泣きそうになって。

「立花が頑張ってるのも、オレ知ってるから」

そんなことを言われてしまっては、もう我慢できなかった。


それから二人、目を赤くしてユニヴェールへの道を辿る。

「……腹減ったわ。立花、何か食べたい物ある？」

訊かれて「スズくんは？」とそのまま返してしまった。

「オレ何でもおいしいから、ナス以外は。そういや立花って好きなものあるの？」

「私？　そうだな……」

訊かれてパッと思いついたもの。

「スズくんの手料理……」

彼が正月にふるまってくれた手料理が、何よりおいしく、温かかった。

するとスズが「えー……まじで?」とはにかむように笑う。それが、今まで見たことがない顔で、ドキリとした。

きっとお互いまだまだ知らないことがたくさんある。

でもそれは、これからもっとたくさんのことを知っていけるということだ。

「じゃ、スーパーで食材買って帰るか」

「あ、でも、大変だよね」

「オレはさ、そういう大変、大好物なの」

キルツェ・キルツェ・キルツェ

「みんなでサーカスを観に行きませんかっ!!」

クォーツの稽古場に音量調節を明らかに間違えた立花希佐《たちばなきさ》の声が響き渡った。それが春を知らせる春雷《しゅんらい》のようで、これから始まる何かを白田美ツ騎《しろたみき》に予感させる。

ユニヴェール公演。ユニヴェールでの一年を締めくくる最後の公演。

それがクォーツ消滅のカウントダウンになるなんて誰が予想した。

凶暴な理不尽の中、摩耗《まもう》され消えゆく原石。

しかし今、現状に反してクォーツの士気は高かった。その中心に立花希佐がいる。

一年でありながら才能を認められ、舞台の真ん中に立つジャックジャンヌ。クォーツの未来。

この最終公演でクォーツは希佐を主役に据《す》えて、クラスの存続を賭けた戦いに挑む。

だからこそ、希佐の突然の発言にみんな目を丸くした。

「いいじゃん、行こうぜ!」

本来であれば、「どうしたんだ急に」とか、「なんでそんなこと言い出したんだ」とか、疑問が口をついて出るところ。それを全て追い越して織巻寿々《おりまきすず》が希佐の意見に全面同意した。置いてけぼりをくらった生徒はただただ困惑を深めるが、一方で「まぁいいか」という感情も芽生え出す。

様々な重圧を背負い前に進む希佐が言うのだ。あれこれ言わずに流れに乗ってしまえばいいではないかと。

「今はそんなことをしている場合じゃないだろう！」

それをせき止めるのが鳳《おおとり》　京士《きょうじ》だ。

「いいか、今、クォーツは存続の危機にある！　一分でも一秒でも多くの時間を稽古に費やすべきなんだ！　なのにみんなでサーカスだと……!?　お前は一体何を考えている！　そもそもなんで急にそんなことを言い出した!!」

鳳の発言にはクラス生全員の疑問が凝縮されている。ただ、それが希佐への否定になると形は変わってしまうわけで。知りたいけれど責めたいわけではない。そんな複雑な思いが交差する中、「でも」と新たな声が上がった。

「最終公演、僕らが演じる『央國《おうこく》のシシア』はキルツェ……サーカスが舞台だよ。実際にサーカスを観ることで稽古じゃ得られない気づきや発見があるかもしれない」

やんわりと、しかし芯《しん》は強く。世《よ》長創司《ながそうし》郎《ろう》が前に出る。

「むしろ、作品のバックボーンを知るためにも行った方が良い場所なのかもしれない」

鳳がぐぬっと息を呑《の》んだ。世長の言葉には説得力がある。

「……だからといってクラス生全員で行く必要がどこにある！」

しかし、鳳も負けるわけにはいかないのだ。

「央國側にとってキルツェは忌《い》むべき存在、だったら僕もサーカスとは一定の距離を保ちたい！　知りすぎないこと、これも役作りの一つだ！」

鳳はそう言って「サーカスへは行きたいやつだけ行けば良い！」と切り捨てる。しかしその言葉に白田はほつれを感じるのだ。

白田は先輩である高科更文《たかしなさらふみ》をチラリと見た。こういうとき、フミは不思議と白田の視線に気づいてくれる。ただ彼は曖昧《あいまい》に笑って再び一年生のほうへと視線を戻してしまった。

（やっぱりか）

白田はそのまま睦実介《むつみかい》と根地黒門《ねじこくと》を見る。

カイはフミと同じように一年生たちをじっと見ていて、逆に根地は何かを期待するようにチラチラこちらを見ていた。

（やっぱりか）

わかっていたけれど。

白田は一つ息を吐く。それ以上に大きく息を吸った。

「世長の意見も、鳳の意見もわかる。その上で一つ良いか。央國とキルツェの関係についてだ」

みんなに聞こえるように、届くように、真っ直ぐ発言する白田にみんなの視線が集まる。所在なさげにしていた希佐の目もだ。

「央國側がなんであんなにキルツェを忌諱《きい》したのか。キルツェのメンバーが反国思想を持っていて、国家転覆を狙っていたから……というのはもちろんだけど、それよりも」

白田はこれから言うことを強調するように、一拍置いた。なんだか根地のような話し方だとうっすら思う。

「キルツェには国を揺るがす力がある。そう、誰よりも信じていたのは、皮肉なことに央國側だったんじゃないのかな。キルツェの最大の理解者が、央國だったんだ」

鳳が大きく目を見開き白田を見る。それは思いも寄らない解釈を提示されたからではなく、彼の中に既にあったものを他者の口から表現されたことに対する驚きではないだろうか。

それだけ鳳は央國と向き合っているのだ。

「鳳のサーカスから距離を置きたいって気持ちはわかる。それが央國側の考えそのものだろうし、知りすぎないように距離を置くのだって役作りをする上で必要なんだろう。でもさ……」

白田はそこでまた一呼吸置いた。これは呼び水だ。

「そうですよねっ！」

引き継ぐように鳳が声を上げた。

「様々な想いを抱えながら繰り返しキルツェへと足を向けた央國側と同じように、僕も様々な葛藤を抱えながらサーカスを観に行けば、役をより深く理解し、演じられるようになるのかもしれない……。そういうことですね、白田先輩！」

鳳の目がキラキラと輝いている。

本当は鳳もサーカスに行きたいのだろう。自分の目で見て感じて芝居にとりいれたいのだろう。

ただ、同期との関係性が亀裂を生む。これはまだ、78期生だけでは解決できない問題だ。だったら先輩である自分が手を貸せば良い。

「この鳳京士、白田先輩のおかげで鱗《うろこ》が落ちた目を持って、サーカスを見届けようと思います！」

鳳が高らかに宣言する。誰よりも胸をなで下ろしたのは希佐だろう。それを見て、白田も素直に安堵する。

「先輩方はどうされます？」

改めて見たフミは白田をねぎらうように笑っていた。

「もちろん行くわ。な？」

その言葉にカイが「ああ」と答え、根地は「バナナはおやつに含まれますかー!?」と遠足気分。

他の三年生たちも「いいんじゃないの」と温容《おんよう》に頷《うなず》いていた。

「二年は？」

今度は同期である77期生に確認する。すると彼らはどこか感心した様子で白田を見ていた。

あの白田がねぇ、と言いたげな表情だ。

それがなんとも居心地が悪くて、思わず「なんだよ」と悪態《あくたい》をつく。同期たちは「いや別に」とわざとらしくとぼける。

人から距離を置き、深く交わることを避けていた白田がクラスの先頭に立とうとしているのだ。当然の反応かもしれない。

ただ、同期たちの眼差《まなざ》しは温かかった。「白田の意見に賛成です」と彼らは口を揃える。白田をクォーツ77期生の代表として認め尊重しているのがわかる。

そういえば、最近になって同期たちと話す機会が増えた。会話というよりも確認のほうが多いけれど。目を見て話すことで、知れた心がある。

『ずっと田中右《たなかみぎ》のことばかり見てたよ。入学してからずっと、ずっとだ』

ユニヴェール歌劇学校77期生は呪われていると言い出したのは一体誰だったのか。誰か一人の言葉なのか、誰もが思ったことが重なり合っただけなのか。

同期に田中右宙為《ちゅうい》がいる。

新人公演で鮮烈なデビューを飾り、以降、77期生の心を折り続けてきた天才。アンバーの神様。

誰もが彼から目をそらすことができなかった。それが呪いだと77期生たちは嘆いた。でも、と同期たちは笑う。

『呪いに甘えてた』

呪いよりもシビアな現実が目の前にあった。

ユニヴェール歌劇学校、77期生。二年。

二年で花開かなかった生徒に、三年でチャンスが巡ってくることは、ない。

一年のときから役を貰《もら》っていたクォーツの白田、オニキスの菅知《すがち》聖治《きよはる》、ロードナイトの御《み》法川《のりかわ》基《き》絃《いと》、そしてアンバーの田中右宙為。

二年で新たに名前を呼ばれ舞台に立った同期は、一人もいなかった。

『田中右のことばかり眺めていたら、目の前に後輩がいたよ』

78期生、ユニヴェールで初めてできた後輩。ここでは才能がものを言うことを誰より知っていたはずなのに。

『俺たちが座れる席は、多分、もうない』

どんな気持ちでそれを言っているのだろう。

白田は真っ直ぐ同期を見る。

同期の目は驚くほど澄んでいた。

『でもさ、後輩の活躍は、誇らしいんだ』

幾度となく自分の中で折り合いを付け、透明になっていった感情なのだろう。

『舞台、絶対成功させような』

声にこもった熱量は、覚悟した人間にしか出せないものだ。

「一年も行きますー！」

だから無邪気に明るく手を挙げる一年を見る二年の目は優しい。

「ありがとうございます!!」

希佐の大声にはやっぱり驚いて目を丸くしてしまったけれど。

――立花がみんなにお願いごとをするなんて、珍しいからな。

希佐は呼吸するように人を助けるが、たとえ息が止まっても人に助けを求められないのではないかと思ったことがある。

そんな希佐も、ユニヴェールでの一年を通して少しずつ変わってきたのかもしれない。

正直、希佐が何を思ってそんなことを言い出したかなんてどうでもよかった。

珍しく声を上げた後輩の力になれればそれでいい。

なんとも面白い。根地は心からそう思う。

突然のお願いごとも、それに対して真剣に話し合うクラス生も、後輩を信頼してあえて口を出さない先輩も。

そんな先輩たちの思いをしっかり受けとった人間がクラスの指揮者へと成長し、クラスが美しく一つにまとまっていく。

だったら自分も描こうではないか。クォーツの願いを、クォーツの組長として。

「立花くん！」

根地が叫べば希佐が即座に「はいっ！」と返事した。

「さては君……活きのいいサーカスを知っているんだね!?」

手ぶらでこんな提案をする子ではない。予想通り、希佐がもう一度「はい！」と大きく返事した。

「絢浜《あやはま》に、全国各地を巡っているサーカス団が来ているそうなんです。二か月ほどの滞在で、二月末までは観られると」

ふぅむ、なるほど……と根地は口元に手を添えた。頭の中で本番までのスケジュールが巡り出す。土日に行ければ調整不要だが、まず優先すべきはクォーツ生全員分のチケット確保。

クラス生全員で動くなら学校側への報告が必要かもしれない……とカイの目線が訴えか

けてくる。そうよね、学校を利用したほうがいいよね！　という思いを込めてカイを見返せば、彼は少々渋い顔。ただ、どこか達観した目が、任せる、と言っているようにも見えた。

するとこ今度はフミが、後輩たちが気に病むような手口は使うなよ、と忠告するような目でこちらを見てくる。わかってますさぁ！　とウィンクを決めれば、フミがそれを避けるように体を傾けた。ひどいひどい！　と非難の目。悪い悪い、と心のこもっていない謝罪の目。

それにしてもこんなに目で語り合ってなんなんだね、僕たちは！　となんだか面白くなってくる。全てが根地の妄想で、何もかも間違っている可能性だってあるけれど。

まぁ任せて、と力を込めて彼らを見れば、頼む、と言うようにカイとフミが揃って頷いたから、やっぱり通じ合っているでいいでしょう。

「善は急げだ、行くよ、白田くん！」

希佐と向き合いながら白田の名前を呼ぶ。根地が出たことで自分の役目はいったん終わったと思っていた、もっと言えば油断していた白田が「えっ」と戸惑《とまど》いの声を上げた。彼は八つ当たりするように根地をじとりと睨んでから「……わかりました」と切り替える。

「それじゃフミ、カイ、よろしく頼むよ！」

そのまま颯爽と稽古場を出ていこうとしたのだが。

「よろしくお願いします！」

根地と白田に向かって、希佐が深々と頭を下げる。あらあら可愛いじゃないの。サービスで投げキッスを飛ばしておいた。

「……それで、どうするんですか」

稽古場を出てユニヴェール校舎へと向かいながら白田が尋ねてくる。

「そうね、まずは学校側にサーカス観劇のご報告かしらん。クラス活動って形になるから、しっかり手順を踏まないと」

そう、カイの目が語っていた。

「だったら職員室ですね」

手順を踏んだ白田の発言。根地は「いやいや」と否定する。

「職員室は素通りよ」

根地の目はユニヴェール校舎の向こう側を見据えていた。

「一から十まできちんと手順通り進めていたら、間に合わないこともあるからね」

大事なのは目的を達成すること。過程を守ることではない。

「だから最初から百を狙う！」

ふふん、と鼻を鳴らす根地を見て、白田はうっすら呆《あき》れ顔。

「僕はその考え、あまり好きじゃないです。過程を疎《おろそ》かにしたら目的を達成しても得られないものがある。実感のない成功なんて羽根より軽い」

「この正直者！　そういう考え、嫌いじゃないわっ」

それでいい。自分とそっくりなんて鏡の中で充分なのだから。自分とは異なる証《あかし》を見せて欲しい。

「……でも、勉強させてもらいます。必要になることもあるでしょうから」

それに、伝えたいことはしっかりと伝わっている。

上に立てば四角四面で通ることばかりではなくなってくる。だから手段の一つとして覚えておいて欲しい。根地黒門はとんでもない無茶をしていたと。反面教師でも良いから。

そうすれば大抵のことが許せるはずだ。

ユニヴェール校舎を通り過ぎ、玉阪座《たまさか》を背景に姿を現すモダンな建築物。運良く入れた室内は和の装いで、品の良い白檀《びゃくだん》の香りが自分たちを招いた。

「まったく。いつも急だな、お前は」

そう言いながらもたっぷりと余裕のある眼差し。ユニヴェール歌劇学校の校長、中座秋吏《ちゅうざしゅうり》だ。

クォーツの危機を前に奔走《ほんそう》し、玉阪座の年寄り連と連日のようにやり合っているだろうにこの人は疲れを感じさせない。

生徒の前ではいつだって校長先生を演じてくれている。

玉阪座当主として舞台に立った時の〝すさまじさ〟を知っている分、尚更《なおさら》そう思う。

「それで、どうした」

お互い時間はない。本題を促す校長に「我々、サーカスに行きたいんですよ！」と経緯不明な不親切報告。

「へぇ、いいじゃねーか」

校長の言質《げんち》はとれた。まさに印籠《いんろう》。これがあれば何も怖くない。ただもうひと声、だ。

「絢浜のサーカスなんかいいと思うんですよねぇ〜」

それだけで中座はピンときたようだ。「なるほどねぇ」と含みのある笑い。話が早くて助かる。そもそも根地が来た時点で何らかの要求は想像していただろう。それこそこちらには大人の事情に振り回される可哀想な生徒たちという印籠があるのだから。

ここに来て白田も根地の狙いに気づいたようだ。本当にこの人は……となんとも言えぬ表情で根地を見る。

要するに、絢浜のサーカスチケット、校長先生のお力でなんとかならないでしょうかのお伺いだ。

だめならだめで次の手を打つだけ。ただ、狙うなら大物から。

「五分待ちな」

中座が携帯電話をとり出す。鉱脈を掘りあてたかのような興奮で根地はにっこり顔。その隣で白田が「よろしくお願いします」と頭を下げていた。

これが青春なのかな、と自分でさえ思えるのがユニヴェールなのだと世長は思う。根地たちが稽古場を出てまもなく一時間。稽古に集中しながらも、ふとした拍子に稽古場の扉を見てしまう希佐に釣られて、世長もついついそちらに視線を送ってしまう。

(難航しているのかな)

そんな思いがよぎって世長は慌《あわ》てて表情を正した。自分は案外感情が顔に出やすい。今、色々と考えてしまうだろう彼女に余計な負担を与えないためにも、シャンとしていなければ。

それにしても、何故希佐は急にサーカスに行きたいと言い出したのだろう。

希佐に理由を問う鳳の言葉を制しはしたが、実際、理由が一番気になっているのは自分かもしれない。

(ああ、また考えちゃってる)

ぱしぱし、と頬を叩いて息を吐いた。

(根地先輩たちが動いてくれてるんだ、きっと上手《うま》くいくよ)

自分に、というよりも希佐に話しかけるように。心の中で呟いて、世長は再び稽古へと意識を戻した。

「祝しなさい、我々の勝利をッ!!」

その途端、あれだけ待っていても開かなかった扉が開くのだからわからないものである。

見ればドアから駆け込んできた根地が床の上に倒れ込んでいた。

「うお、根地先輩!?」

「大丈夫ですか!」

スズと希佐が慌てて駆け寄る。

(……なんだか知ってる)

そんな二人の後ろで猛烈なデジャブ。ハッと気づいた。

(マラトンの戦いだ! オマージュかな)

遥か昔、長く続いたペルシア戦争での一幕。アッティカ地方マラトンでの戦いを制したアテナイ兵が、国に勝利を知らせるために不眠不休で走り続け、ようやく辿り着いた自国で「我が国の勝利だ!」と伝えるやいなや絶命したという話である。

これがマラソンの起源だと言われているが、実は創作という話があり、それを本で読んだときは歴史の裏側、ドラマティック化のために改変された真実を知ったような気がしてドキドキしたものだ。更に裏の裏があるのではないかとか、正式な記録がないだけで実際にあったことだったのではないかとか、あれこれと想像を膨らませるのが楽しかった。

それを、根地を通して思い出す。

根地の頭の中は図書館。ありとあらゆる文献が無造作に積み上げられ、気まぐれに開いたページから物語が溢《あふ》れ出す。自分の知識が増えれば読み解けることも増えるのだろう。しかし、根地の頭の中は文献だけで成り立っているわけではない。むしろ、彼の創造性の一端、取り外し可能な歯車の一つ。

「それで、どーなったんだ？」

床に倒れ込んだまま動かない根地にフミがゆったり尋ねた。

ああ、そうだ、と希佐を見る。世長の位置からは彼女の背中しか見えなくてその表情は窺《うかが》い知れないが、不安、なのではないかと思ってしまう。自分から言い出した分、責任を感じてしまうのではないかと。

（いつからそうなったんだろう）

小さい頃の希佐は、よくあれがしたいこれがしたいと自分の意見を主張していた。そのほとんどがお芝居に関することだったけれど。

お芝居以外はどうだろう。

――創ちゃん、このお菓子すごくおいしいよ。創ちゃんにもあげる。

思い出す。彼女がお菓子をわけてくれたことを。当時は嬉しくて、おいしかった。

しかし、彼女から離れ思い出として振り返ったときには苦く切なくて、ユニヴェールで彼女に再会してからは、自分のものを、いや、自分さえも躊躇なく捧げる姿に苦しくなった。

同じ出来事が自分の心の色合いでころころ表情を変える。変わるのは自分で、希佐はあの頃のままなのだろうか。それとも。

ただ、今は感傷に浸っている場合ではない。

「マラトンの勝利宣言……ですよね？　もしかしてチケットがとれた、とか？」

世長は自分の知識を元に推察する。すると根地が「正解！」と起き上がった。

「絢浜のサーカスチケット、クラス全員分とれたよ！」

わっと、稽古場に歓声が上がる。

「ありがとうございます……！」

そうやって感謝する希佐の声は、いくらか緊張が抜けていた。世長もホッとする。

それにしても、どうやってチケットをとったのだろう。全国各地を巡り、一箇所で二か月にも及ぶ興行が成り立つサーカスだ。相応に人気があり、チケットの入手も困難だろう。クラス全員分ともなれば尚更だ。希佐の話を聞いた時、それが頭の中を巡っていた。根地のことだから多少強引な手段を使ったのだろうけれど。

（……あれ？　そういえば……）

根地と一緒に出て行った白田の姿がない。一体どうしたのだろうと思っていると、扉の向こうから遅れて白田が姿を見せた。彼は早足で稽古場の中に入ってくる。何やら不穏な気配だ。

「根地先輩、サーカスいつ観に行けるんスか?」

ただ、クラス生の注目はまだ根地に向いていて、スズの質問に「やだー、そんなに気になるのぉ!?」と根地がもったいぶる。

「今日だ」

たたき切るように白田が言った。

「え」

思わず世長も声が出る。そのせいか、白田がこちらを向き、言った。

「クラス生全員分のチケットがとれるのは、今日しかなかった。だから今日だ」

頭の中で、アラム・ハチャトゥリアンの「剣の舞」が流れ出す。思わず希佐の隣に並んで窺った顔色がやや悪い。「き、希佐ちゃん大丈夫?」という言葉にスズの「何時からスか!」が重なった。

「十八時だ」

白田が早口で答える。みんな一斉に時計を見る。時は十六時。学校から絢浜まで約一時間。なるほど、と事態を飲み込むための間は一瞬。

「す、すみませ……」

謝らずにはいられなかった希佐の声。それを遮るように白田が言う。

「準備しろ!」

蜘蛛《くも》の子《こ》を散らすようにクォーツ生が走り出した。着替えやら荷物の準備やら色々あるけれど、そこはやはりユニヴェール生。あっという間に支度を終える。

「校門に回れ！」

白田から次の指示。

言われるまま校門に向かうと、そこにはバスが停まっていた。側にはクォーツの担任である江西録朗《えにしろくろう》がいて、バスの運転手にお礼を言っている。

「あれ、これって合宿の時の……？」

夏合宿、絢浜までの移動に使ったのが確かこのバスだ。

「……玉阪座所有のバスだ」

「えっ」

振り返ると、カイがバスを見上げ困惑している。

現在、その玉阪座理事会によってクォーツが存続の危機にあるのだが。

「使って、いいんですかね……？」

「わからない……」

「えっ！」

カイもはっきり物を言えずにいる。

「本来は玉阪座の役者たちが巡業移動で使うんだ。ただ、ユニヴェールでも遠方の訪問公演や、合宿、何らかの理由があって、なおかつ玉阪座が使わないときに使わせてもらっている。もらってはいるが……」

今の状況を鑑《かんが》みると、使いづらいというのが正直なところ。カイもバスを前に乗るのをためらっている。

「これは白田くんのアイデアさぁ！」

そこで根地から意外な言葉が飛び出した。カイが驚き、世長も「白田先輩が？」と戸惑う。白田が選ぶ手段には見えなかったからだ。どちらかというと、いや、いかにも根地の発想だろう。

「こういうときだからこそ、使わせてもらいましょうよ」

そこで少し遅れて校門前に到着した白田がそう言い放つ。

「別に僕らは母体を恐れて怯える子どもじゃありませんし」

白田の言葉は世長の胸に強く響いた。そうだ、うん、そうだと、心の中で何度も頷く。

「……バスの手配をした江西先生は大変だったでしょうけど」

運転手と話していた江西がこちらを見る。

「……急だったな」

この件に関しては誰もが同じ感想を抱くだろう。ただ「そういうこともある」と何でもないことのように受け流す江西はやはり大人だ。

「だったらありがたく使わせてもらおう」

カイの言葉に、フミも「これなら間に合うな」と時間を確認して頷いている。

「おっしゃ、行こうぜ！」

先陣を切るようにスズがバスに乗り込んだ。その後ろに希佐、更にその後ろに世長が続く。

「どこ座る？　一番後ろでいっか」

ぐんぐんと奥に進みながらスズが言った。

「えっ、いいのかな」

躊躇する世長に「奥から順番に座っていったほうがみんな座りやすいんじゃね」とスズが軽く返す。学校行事でバスに乗るときはなるべく前のほうに座っていた世長にとって、バスの奥はちょっとした冒険だった。

「立花、世長、窓際が良いとかある？」

訊かれて、希佐が「私はどこでも大丈夫」と答える。

「創ちゃんは？　窓際が好き？」

「え、あ……」

希佐のようにパッとどこでも良いよと答えられたら大人なのに。間が空いてしまったのは多分、窓際が好きだからで。

「スズくんは？」

「オレもどこでもいい。んじゃ、世長が窓際な」

先頭を進んでいたスズが道を空けるように反対側の座席へと体をすべらせ、希佐も同じように窓際の席を勧めてくれた。

「えっ、あっ、いや、僕もどこでもいいよ！」

世長は慌てて言い直す。しかし、生徒が次々乗り込んでくる中、どこに座るかで時間を潰すほうが迷惑だ。

「じゃ、じゃあ……」

世長はバス最後尾、窓際の席に腰を下ろした。その隣に希佐。更にその隣にスズ。クラス生が全員乗ったバスが動き出す。見送る江西に手を振って、そのまま、窓の外を眺めた。ここからは玉阪市の全景を見ることができる。それを見ているだけで楽しいのだけれど。

世長は窓とは反対側、希佐とスズのほうへと顔を向けた。何故だろう。ソワソワしている。じっとしているのが窮屈なくらい。

「サーカス、楽しみだな！」

すると、スズがニカッと笑って言った。

そうなのかもしれない。いや、そうだ。

嵐のように始まり、感情が後回しになってしまったけれど、自分はサーカスを楽しみにしている。

「うん、本当に。サーカス、楽しみだな」

素直な言葉を口にすると、希佐が世長とスズを交互に見て、何かを確認するように胸に手を置きうんと頷いた。

「……私も、楽しみ」

ああ、そうだ。

それがいい。そのほうがいい。そうであって欲しい。

バスが走る。きっと景色が動いている。

「アクロバットショーあったらいいなー、チャンスみたいなヤツ！」

「ピエロいるかな。生で見たいな」

「それなら……うん」

「え、なになに、見れんの!?」

「あっ、それは……どう、かな？」

「うわー、もったいぶるじゃん！」

「あはは、見るまでのお楽しみってことだね」

景色が駆ける。山から街へ。街から海へ。玉阪から絢浜へ。

夕暮れ時の海をバックにライトアップされた巨大テント。その迫力に興奮を抑えきれず気づけばスズは「すげえぇぇぇぇぇッ!!」と叫んでいた。

側にいたクォーツ生のみならず、周辺の一般客まで一斉にこちらを見る。その顔には笑顔があった。スズの歓声はこれから始まるサーカスへの彩りであり、サーカスを前に高揚する人々の体現者。

(いいな!)

自分の中から楽しいが溢れ出し、みんなの楽しいも流れ込んでくる。みんなと繫《つな》がり合っていく。

それは、初めてユニヴェール劇場を見たあの日にも似ていた。

「はいはい、みんな行きますわよぉ~!」

根地がハンカチをひらひらとはためかせ、先導するように歩き出した。その後に続いてテントの中へ。

「おおおおお……!」

天井には空中ブランコ、四方には何かが起こりそうなはしご状の柱、あちこちにカラフルな装飾が施され、真ん中はドンと構える極彩色のステージ。

ステージをとり囲む赤い観客席はどこか誇らしげで、「ようこそ!」という歓迎の声が聞こえてきそうだ。

テントという閉じられた場所の中、無限の世界が広がっている。

スズたちクォーツ生は中央後部の座席。ステージからは離れているが、その分全景を見ることができる。

「すっげぇなぁ……！」

何度でも言わずにはいられない。

「うん、すごい。すごく華やかだ……！」

世長もテントを見渡しながら感動した様子で言う。

「これがサーカスなんだ……」

希佐が噛みしめるように呟いた。

当たり前のように三人横並び。互いに感想を交わし合う。

（……お）

話しながら周囲に視線を向けると鳳が前のめりでステージを見ていた。彼の頭の中、自分の役のプランが丁寧に組みたてられていくのがわかる。

それにどこか楽しそうだ。

（昔、サーカス来たことあんのかな）

なんとなく、そんな気がした。サーカスに何か良い思い出があるのではないかと。

いつもスズたちのことを否定する鳳だが、たまに、否定する自分を否定して欲しそうにしていることがある。今日もそんな雰囲気だった。

（……ばあちゃんと来たのかな）

急に思った。

正月に帰省する際、鳳に「親離れしていないようだな」と言われて「いやでも、じいちゃんばあちゃんが待ってるし」と返したところ、急に狼狽《うろた》えたことがある。そのあと「さっさと帰れ！」と怒鳴られて、どうしたんだこいつと思ったが。

（ばあちゃん子っぽい感じする、鳳）

そんな、勝手な想像。ただ、鳳が祖母と会っているような気配は――と考えて、そんなことを詮索されても嫌なだけだろうなと頭を切り替えた。たまに、過程がわからないのに結果だけわかってしまうことがあるから。

今度は他の同期たちに視線を向ける。一年たちは、みんな楽しそうだ。思いがけず発生したイベントを全力で楽しんでいるように見える。何人かと目が合って、ニッと笑い合った。

二年の先輩は落ち着いていて、何か気づいたことがあったのか白田と一つ二つ、短く確認するような会話を繰り返している。

スズから見て二年の先輩たちは理性的だ。自分の特技を伸ばすため、あれこれ言わず黙って行動する人が多い。

そんなことを白田に話すと「感情的なやつはいなくなった」と言っていた。「タフな人が残ったんスね」と返したスズに白田はハッとして、考えるように黙り込んでいた。

最終公演に入ってから、二年の先輩が「俺は絶対クォーツ生としてユニヴェールを卒業する」と言っているのを聞いたことがある。理性的だけれど熱いのだ、77期生は。

三年の先輩たちは静かに時間を過ごしている人が多かった。いつもは賑やかな根地も思考の海に潜れば大人しく、カイやフミにしたってスズにはわからない難しいことを色々、たくさん、考えているような気がする。

（……ん？）

そうやって三年生へと向けた視線の中、隅のほうでぼんやりとステージを見ている先輩がいた。ジャック生で、アンサンブルのまとめ役をすることが多い先輩だ。

「…………」

スズは希佐たちに「舞台の向こう側見てくるわ！」と伝えて通路に抜ける。

そして「先輩！」と、どこか虚ろにステージを見ていた先輩に声をかけた。突然呼ばれて驚いた彼が「なんだよ」とこちらを見る。

「喉《のど》渇きません？」

先輩は「ええ……？」と言いつつ立ち上がった。その時点で、ほんの少し前まで見せていた憂《うれ》いの表情は消えていた。

「おごれってか」

「あざす！」

スズは先輩と二人、いったん舞台を離れてエントランスに出る。そこにはサーカスオリジナルドリンクが売っていて、まぁまぁ値の張るそれをおごってもらった。

「なーんか酔っちゃったな」

同じようにドリンクを飲みながら先輩がぼやく。

「ぶわわわーってカンジですもんね、中」

「絶対俺が言いたいことと違う」

そう言いながらも、先輩の表情は明るい。ドリンクを早々に飲み干して「戻るか」と言う先輩の言葉に頷いた。

「……あれ」

再びステージフロアに戻り、座席が近づいたところで、正面からフミが歩いてきた。

「どうしたんスか、フミさん」

「散歩。付き合うか？」

「どうスかね……先輩がオレを手放すかどうか……」

「行ってこいよ」

「ひでー！」

早々に捨てられてフミとバトンタッチ。

なんとなく。大事な話かな、とスズは思う。

そこから二人、舞台の最後尾に移動した。

「ありがとな」

二人並んでステージを見ながら、不意をついてのお礼。

（……そっか）

なんだかよくわからないけど、ああ、本当に三年の先輩たち、卒業してしまうんだなぁ、と実感して、寂しくなる。

「スーは、手がかからない後輩だったわ」

「えっ、のっけから新人公演寝過ごしそうになったのに？」

「アレはひどかったな」

「ほらー！」

フミがククッと笑って、しかしすぐに小さく首を横に振る。

「スーはいつも気持ちがぶれなかった。だから安心して見てられたんだ。……でもさ」

フミがそこで一拍置く。

「手がかからなかったってことは、手をかけてやれなかったってことでもあるんだわ」

フミの視線が、落ちた。このあと続く言葉は何色だろうか。きっと、明るくない。

「オレは充分、手をかけてもらいましたよ」

だから即座に返した。フミが驚いてこちらを見る。

「大事なのは、オレがどう思うかなんで」

そうでしょ、と笑いかけると、フミもそうだな、と静かに笑った。

「スーが同期だったら、俺はたくさん叱ってもらえたんだろうな」

穏やかな声。フミの視線はステージの中央へ。

「これからも、お前がやりたいようにやりな。そんなお前を俺は応援してっから。多分、俺の同期たちもな」

さっきまで一緒にいた先輩とは、街に買い物に行ったことがある。他の先輩とも、食事に行った、筋トレをした、ゲームをした。

どの先輩とも思い出がある。思い出すと、力が湧いてくる。

「オレ、先輩たちに可愛がってもらいました。だから今度は、先輩たちがオレにしてくれたこと、後輩たちに返していきます」

フミが穏やかに目を細める。

「ありがとな」

そこで、ブザーが鳴った。それぞれ、自分の席へと戻っていく。

キルツェ・キルツェ・キルツェ

「……あ、良かった」

戻ってきたスズを見て、希佐がホッとした表情を浮かべた。世長に「どうだった？」と訊かれて、そういえば舞台の向こう側を見てくると伝えていたことを思い出す。

「かっこよかった」

「え、舞台が？」

世長が不思議そうな表情を浮かべていたが、開幕の暗闇に消えていった。場内はしんと静まりかえる。

「本日はようこそお越しくださいました！」

突然のライト、その中に浮かぶシルエット。空気が一転。胸の中、芽吹いた寂しさも吹き飛ばされる。

陽気な音楽が響き渡り、派手な衣装に身を包んだキャストたちが踊りながら登場した。そんな彼らの眼前に、突然、羽根のように軽やかな布が舞い落ちる。それを一人が手にとるやいなや、布はまるでロープのようにピンと張って、キャストの体を空中へと舞い上がらせた。そのまま空を泳ぐようなアクロバットダンス。

「うおお……！」

言葉なく体一つで証明する。これがサーカスだと。動き一つ一つが歓声を呼び、人々の心を躍らせる。

（これか）

目に焼きつけながらむさぼるように。

（これだな）

容易く真似できるものではない。ただ、彼らの情熱がスズの中に入り込んでくるようで。

スズはうん、と頷く。

入れ替わるように今度はピエロが現れた。スズの視線は自然と世長のほうへ。すると、同じように世長を見る希佐がいた。そして希佐がこちらに気づき、唇が、すごいね、の動き。

（立花、ちょっと力抜けてきたかも）

最終公演に入ってから、覚悟を決めた希佐の横顔が孤独に見えることがあった。

背負うものが大きければ大きいほど、他者との境界線は太くなり、少しずつ距離ができていく。主役にしかわからない苦しみは確実にあって、それを全て窺い知ることはできないだろう。

しかし、スズは思うのだ。

（みんないるから）

希佐の側には、みんながいる。決して希佐を一人にはさせない。

希佐もまた、それを知っていると信じている。

（立花、オレさ。冬公演の時——）

カイの座席の隣にドサリと腰を下ろしたとき、驚いた様子でこちらを見たのがなんとも自分たちらしいとフミは思う。

睦実介。二年の秋公演で初めて組んだパートナー。

ただ、かつてフミが継希と組んだときの誰もが認める必然性はそこになく、あくまで根地によるセッティング。それは、フミ以上にカイが向き合ってきた現実だと思う。

自分たちだけのアルジャンヌとジャックエースを模索しながらも、カイの頭の中には常にフミと継希の姿があったはずだ。アルジャンヌとジャックエースの正解として。

それでもカイは器としてフミの全てを受けとめ、役目を全うしようと尽くしてくれた。

それも組んで一年後の秋に終わる。

役目を果たせなかったと舞台から去ろうとしたカイを引き留めたのは、後輩たちだった。

フミはそれを見ていた。

自分たち——フミ、カイ、根地の三人は、不思議と離れた席に座ることが多い。

根地はその時々、自分の目的が達成される場所。カイは誰かの邪魔にならない場所で、フミは自分だけの空間を求めるように外れた席。

式典や、それぞれの立場と責任が求められる場合は並んで座るが、それ以外は各々自分のテリトリー。

そんなもんかなと。それを常識としてみていた。

78期生の中心、希佐、スズ、世長はいつも三人並んで座っていた。

彼ら三人、気が合うかといえば、必ずしもそういうわけではない。それぞれ考え方が違うし、衝突もする。それでも三人はいつも一緒で、もし、バラバラに座っていたら何らかのトラブルを暗示させるほどだった。

どちらが常識で、どちらが特別なのだろう。

希佐たちを見ながら、いつかカイが自分の隣に座る日がくるのだろうかと思ったことがある。フミの隣を選んで、腰を下ろして、隣同士。

しかし、カイが隣に座ることはなかった。

単純にフミを気遣ってのことだろう。

フミに自由な時間を作るため、あえて距離を置いているのだろう。

それは、フミがカイといるときは、フミが縛られていると彼が感じていることに相違ない。

なんかムカつくな。

妙な怒りが湧いて、そして気づく。

自分から座れば良いのだと。

「……どうしたんだ？」

「何が？」

ただただ驚くカイに、フミがふてぶてしく答える。

驚いているのはカイだけではなく、自分たちの同期や一期下の77期生もそうだった。目ざとく気づいた根地が間近で見ようと椅子から立ち上がり、白田に止められている。

しかしそんなざわめきもサーカスの波にのまれていった。ショーは初手から華やかで、次から次に仕掛けてくる。何度も上がる拍手と歓声が観客たちの心をどれだけ射止めたかを示していた。

（こうでないとな）

熱狂する人々を感じながらフミはしみじみ思う。時間があっという間に過ぎていく。

「それでは、ここで皆さんのお手を借りたい！」

ショーが終盤に差し掛かったところで、突然座長が観客席に向かって叫んだ。どうやら観客を数名、ステージに上げるようだ。

一体誰が選ばれるのか、ざわめきが広がる。

「……どうかしたのか？」

それにまぎれて、改めてカイが尋ねてきた。

「ん？」

「何か話したいことがあるんじゃないのか？　織巻とも話していただろう」

常に周囲に気を配る彼らしく、フミとスズが話していたことにも気づいたようだ。

そこで、座長が「さぁさ、我こそはという者、手を挙げて！」と呼びかける。

「はいはいはーい!!」

すると、一層大きな声がサーカスに響いた。

「織巻か」

「だな」

見れば両手を挙げて立ち上がったスズ、続くように希佐が、真似るように世長が手を挙げている。

「さぁこちらへ！」

彼らは座長に招かれステージへと駆けていった。そんな三人をカイが目を細め見つめている。

静かに、穏やかに、優しく送り出すように。その心はきっと凪。

「……なぁ、カイ」

気づけば名前を呼んでいた。すぐにこちらを見たカイがハッと息を呑む。

「……フミ？」

激しく波立つこの心。

「お前、俺を倒す気、ある？」

喰らうような眼差しで彼に問うた。

常に誰かのために生きてきたカイ。だが、それでいいのかと。

自分たちは卒業する。それでも自分たちの物語が終わるわけではない。いや、それこそライバルとして続いていくはずではないのか。

「ある」

一瞬、時が止まった。

――なんて言った？

「……ある。そのつもりでやってる」

カイの目は痛いほど真っ直ぐで、その言葉に嘘がないことを教えてくれる。

――わかんねーな、こいつ。

カイと組んでから度々《たびたび》思った。こいつの考えていることはよくわからないと。パートナーとして少しずつ理解し合ってもなお、わからないことだらけで。

だが、自分たちはちゃんと並んでいたのだ。隣に。

（俺が視《み》えてなかっただけか）

じわじわとこみ上げるものがある。それに上手く名前は付けられないけれど、大声で笑いたくなった。だからフミはステージに視線を戻して、自分の口を押さえるように頬杖をつく。

(俺たちは間違いなく、クォーツのアルジャンヌと、ジャックエースだった)

パートナー解消となった今も、その事実が消えることはない。

視界が広がっていく。視えなかったものが視えてくる。

「……ぜってー勝つ」

「負けない」

――面白いじゃねーかよ。

フミの笑みが深くなる。

再びショーが始まった。自分たちの後輩を交えて。

素人のはずの観客が突然アクロバットを決め、ジャグリングを成功させ、何故か綱渡りまでやりのけたのだから会場は一気に盛り上がる。

「希佐、綱渡りできたんだ」

「本人もできて驚いている」

「バランス感覚良いからそれでかな」

会話はいつも通りの温度に戻り、ポツポツと。

しかし胸の中、滾《たぎ》るものがある。

入学してからこれまでずっとユニヴェールの舞台に立ち、ユニヴェールで得られる称号を欲しいままにしてきた自分の前に最後の最後になって立ちはだかるのが睦実介で、二年で突然ジャックエースに抜擢され、クォーツを支え続けた器が自らの意志で掴《つか》もうとする金の星を阻むのが高科更文だ。

(かっこいい背中見せたいしな)

それは多分、カイも同じだろう。

今こうやって同じようにステージを見つめているのだから。


サーカスの明かりが煌々《こうこう》と夜空を照らすのをカイは見上げた。

「楽しかったなー！」とスズの声。「あっという間だったね」と希佐の声。世長がうんうんと頷いて、「お前たち、学びは得たんだろうな!?」と鳳が声を荒らげる。それを白田が、またあいつらは……とうんざりしながら見つめ、隣に立つフミが軽やかに笑う。

「フミと何話したのさ」

普段ならその中心に割り入って騒ぎを大きくする根地が、珍しくカイの隣に並んでそんなことを訊いてきた。

「個人的な話だ」

「やだ、ヤラシイ！」

隠すような話でもないのだが、何故か、自分だけの胸に留めたい。

根地が不満げに声を上げたがそれ以上詮索することもなく、クォーツ生の姿を見つめながら柔和に微笑む。

「いやー、すごいねクォーツは。こんな状況でもしっかり笑って楽しめるんだから。しかも全員一緒にね」

最終公演が始まってからというもの、クラス生たちはクォーツ消滅という大人の身勝手に苦しみ苛《さいな》まれた。今も、その理不尽がなくなったわけではない。

しかし今、クォーツ生たちはクォーツの未来を見つめている。そして信じている。クォーツの力を。だからこうやってみんなで笑い合えるのだ。

「いいもんだね、クォーツは」

ゆったりと細められた目。

「……アンバーに想いがあるのか?」

クォーツという言葉の中に違う色合いを見つけたような気がして、思わず尋ねる。

根地が「あら」と驚きの声。しかしすぐに「どうかしらねぇ」と曖昧にぼかされた。

根地は眼鏡《めがね》を外し、レンズをサーカスに向ける。レンズの中、光だけが眩《まぶ》しくて、その姿は見えない。

根地は再び眼鏡をかけ直すとカイを見た。

「カイにしては珍しくおしゃべりじゃない」

言葉は難しい。

カイは相手の気持ちを慮《おもんぱか》って黙ってしまうことが多かった。

ただ本当は、言いたいことや訊きたいことがたくさんあったのだと思う。

それを全て押し込めて、洩れないように蓋《ふた》をした。

その蓋の中、形にされなかった感情はいつしか潰れて腐り、自身を蝕《むしば》んでしまったのだと思う。そうでもなければユニヴェール卒業後、舞台を去ろうだなんて思わない。こんなに歌劇が好きなのだから。

カイは思う。

過酷な生い立ちの上、苦しみを耐えるため形成された人格は、このユニヴェールでは必要ないのだと。

いや、これからの人生そのものにももう不要なのだとユニヴェールが、ユニヴェールの仲間たちが教えてくれた。

ここは安全な場所だ。

それに、感情を押し込めることで自分と向き合っているつもりになっていたが、声に出すことで初めて気づく感情もある。

フミに自分を倒すつもりはあるのか、と聞かれ驚いた。その言葉よりも「ある」と答えていた自分に。

日頃からそれを意識しているつもりはなかった。しかし潜在的な部分で思い描いていたのだ、きっと。相手を認め、相手に認められるためにも、対等に向かい合いたいと。真正面からぶつかりたいと。

それがフミの言葉で導かれた。

フミにそんなことを言わせてしまった申し訳なさはある。多分、やきもきさせてしまったのだろう。

自分はもっと、感情を言葉にすることを覚えたほうがいい。その上で、相手の気持ちを受けとめる勇気も。

「俺はわりとおしゃべりだ」

カイがそう言うと、根地が「あららっ！」と声を上げて「確かにそうかもしれないね」と笑った。

「……想いはあるだろうね、アンバーに」

ぽつりと、言葉が落ちる。

「望郷の念に近いのかもしれない。もう戻ることのない故郷への想いさ」

かつて彼が所属していたアンバー。そこには彼が育てた無垢な天才がいて、今ではその天才の血潮がユニヴェールを巡り出している。

そんなアンバーを眺めながら根地には根地だけの、根地にしかわからない想いがあるだろう。

「お前はクォーツの根地黒門だしな」

だから、自分の想いを伝える。クォーツに来てからこれまでずっと、彼は間違いなくクォーツだった。

「あら、あらららららら!?　やだなに、かっこいいこと言ってくれるじゃないの……!

アタシをどうするつもり!?」

「別に、どうもしない」

「やだー!　気を持たせたクセにひどい男!!」

ぎゃいぎゃい騒いだ後、根地の表情は晴れやかだった。

そして、彼は何を思ったのか、人差し指をカイの胸に突き立てる。

「座長感あるじゃないの」

まるで心臓に刻むように、根地の指先に力がこもった。

――座長。

台本を見て、根地がこの役を自分にあつらえてくれた意味を考えた。いつも影だった自分が、器だった自分が華やかで。

いや、とカイは否定する。たとえ器であっても、影になる必要はきっとなかったのだ。

華と器、揃って美しければ、それで。

自分が歩んできた道が全て正しいわけでも、全て間違っているわけでもない。そのグラデーションを恐れず進んでいけば良い。

「それにしても、ほんとあっという間だったわねぇ」

根地がふはーっと大きく伸びをして、バスが待っている駐車場へと足を向ける。「そうだな」と応え、何気なくクォーツ生たちの姿を見つめる。

「……ん？」

すると、世長が何度も何度も後ろを振り返っていることに気がついた。誰かを待っているのかと思えば、違う。

彼は繰り返しサーカスを振り返り、名残《なごり》惜しそうに見つめている。

よく見れば他の生徒たちも、足どりは弾《はず》むように軽やかなのに、歩みは何故か遅かった。

サーカスを見て生まれた熱を持て余している。

こういう時のカイは、さりげなく声をかけ、静かに相手の話を聞き、ゆっくり思い出に昇華させていくことが多かった。

しかし、今はどうだろう。

自分の胸にも、未だ冷めぬ熱がある。

「……コクト」

「なんじゃらほい」

「時間はあるか？」

根地の目が輝く。

「あのねぇ、カイ！　時間ってのはあるものじゃないんだよ！」

根地がにんまりと笑う。

「創るものだ！」

その言葉が、カイの背中を押した。

だったら創ろうじゃないか。

「狂楽の覚悟はお済みか、諸君！」

突然、座長の声が響いた。

みんな驚きこちらを見る。そんな彼らに不敵に笑ってみせるのだ。だって自分は――レヴィなのだから。

「どうだった、今日の公演は」

座長として彼らに問う。

サーカスにキルツェを重ねて、現実を舞台で包んで。

また夢を見よう。

「最高だった！」

真っ先に声を上げたのはスズ――チャンスだった。

「最高だったからこそ、課題が見えたって感じじゃないの？」

それに白田——カルロが答える。

「ショーのクオリティを上げる、そういうシンプルだけど重要な部分に改めて目を向ける必要がありそうですね」

世長——イザクが言う。

「もっとド頭からぶっ込んじまえば良いんじゃねーの。そういうのお得意だろ」

そう、フミ——アドラが視線を向けたのは。

「ちょっと何言ってんのアドラ！　……もちろんさぁっ！」

根地——クロウリーで。

「反国思想者ども、また何か良からぬことを企んでいるのではないだろうな……。おい、しっかりと見張っておけ！」

当然、鳳——アズール少佐も目を光らせる。

「ああ、なんて素晴らしいんだろう」

そこに、凜《りん》と。

「これが央國キルツェ……夢の舞台……！」

シシアの声が響くのだ。

――終わらなければいいのに。

ふてくされながら言った。

――ずっと？

こっちは真剣なのにくすぐるような声色で訊いてくる。

――ずっと。ずっとだよ。ずっとずっとずっと。

繋いだ手に力を込めた。

――終わりがあるから、楽しいのかもしれないよ。

やんわりと手を握り返される。

――どうして？　何が楽しいの？

納得できなくて、非難がましい目を向けた。

――終わったら、また新しいことが始まるでしょ。

まるで、大人みたいなことを言う。

――継希にぃは、そう思うの？

責めるような質問に、彼は、継希は、困ったように笑って。

――思わない、かも。

なにそれ。

――意味がわからないよ。

わかるように教えて欲しいと兄を見る。

——だって僕も、ずっとずっと、演劇ごっこがしたいからさ。

継希が笑った。綺麗に笑った。


「…………」

希佐は息を吸う。

振り返ると、舞台衣装に身を包んだ仲間たち。

ユニヴェール劇場、最終公演。

アンバーの舞台が終わり、全ては琥珀《こはく》に飲み込まれた。

しかし今、クォーツ生たちは自らの足で立ち、希佐を見つめている。

「やってやろうぜ」

「戦おう」

スズが、世長が言った。

「大丈夫だ」

「いけるさ」

白田が、根地が言った。

「任せな」

「任せろ」

　フミが、カイが言った。

　希佐は頷き、正面を見据える。

　その先に琥珀がある。

　しかし、心はどこまでも透明だった。

　希佐は全ての想いを言葉に乗せる。

「『央國のシシア』」

　春雷《しゅんらい》。クォーツの未来がそこにある。

あとがき

選択の先にある、異なる未来。今回はそんな在るかもしれない未来を小説化。

ジャックジャンヌのノベライズも『夏劇』『月の道しるべ』に続いて、『七つ風』で三冊目。これもひとえに応援してくださる皆さまのおかげです。本当にありがとうございます。今回は少し裏話を。ここから小説本文とゲーム本編の内容に深く触れております。


『後悔はキャンバスに零れた一粒の涙。』

ゲームに出てくるスノードームのお話は、サブシナリオを多く手がけてくださった七緒先生の執筆。非常に印象深く、白田らしさを感じられて、個人的にも好きな物語です。白田さんは自分の求めるものが、自分の求めた瞬間に得られなかったことが多い人。だからこそ、相手が求めている瞬間にしっかり応えることができるのかもしれません。


『拝啓、ぬいぐるみ様』

察しが良い高科さん。自分では解決できない現実と向き合わざるを得ないことも多く、自分が手を出してはいけない領域も知っていて。それでも目をそらさず。希佐のことも信じて見守っていることが多いのでしょう。高科さんの休日についてはスイさんに確認しました。遊園地、ゴーカート、観覧車とのこと。書いていて新鮮でした。


『向春の候』

継希の力に手を伸ばしたことで空いた心の蓋が、未だ不安定にカタカタと震えている時期の希佐。睦実さんの深い部分に共鳴することも多く、そんな二人の動物園。哀しい思い出が少なくはない二人ですが、これから二人で作る思い出が哀しいを楽しいに変えていってくれるのではないかと思います。

『**蒼天**』

二人で思い出の街に行くというのはゲームシナリオ執筆中、頭にあった話。ユニヴェールで再会した二人は、日々、起きる出来事が大きすぎて、心が揺さぶられることも多い。ですが、その間を優しく埋める、ささやかで温かい思い出が増えていけば、二人の関係もより強固なものになっていくのではないでしょうか。

『**天地晦明**』

最初は根地さんが初詣で呟いた『あらたまの　年踏みふたり　福路小路』について書く予定でしたが、実際に書き始めると根地さんが全くしゃべらない。どうやら触れられたくないようだと解釈して話を変えたところ、怒濤の勢いで話しだしました。今の彼にふさわしいのは、クォーツへの、希佐への、感謝だったのかもしれません。

『**琳琅珠玉ノ命ヲ受ケ**』

ゲーム中「………」という沈黙に『自分の役が死んで感覚的にもの悲しい』、「ああ、水飲んでた」という言葉の裏で『痛み止めを飲んでいた』、そんなト書きの説明が多い織巻さん。恐らく「人としてこうありたい」という理想があって、表に出さない感情が点々とある。だからこそ人知れず心折れそうなとき、何度も希佐に救われたのでしょう。

『**キルツェ・キルツェ・キルツェ**』

どうして希佐はサーカスに行きたかったのか。そんなことを考えながら執筆しました。いつか振り返る思い出になるだろう一幕。ジャックジャンヌの思い出。

それではこの辺で、またいつかお会いできることを願って。

十和田シン

JACKJEANNE

ジャックジャンヌ 七つ風

●原作・イラスト
石田スイ

●小説
十和田シン

本書は書き下ろしです。

2024年6月24日 第1刷 発行

企画——ブロッコリー
編集協力——北奈櫻子
担当編集——六郷祐介
編集人——千葉佳余
発行者——瓶子吉久
発行所——株式会社 集英社
〒101-8050
東京都千代田区一ツ橋2-5-10
編集部 03-3230-6297
読者係 03-3230-6080
販売部 03-3230-6393(書店用)
印刷所——TOPPAN株式会社
装幀——末久知佳

Printed in Japan ISBN978-4-08-703546-9 C0293

検印廃止

小説シリーズ、好評発売中!!

小説 十和田シン

JACKJEANNE

ジャックジャンヌ
—夏劇—

本編では描かれなかった、一夏のエピソード!!